एक प्लेट सैलाब

[कहानी-संग्रह]

एक प्लेट सैलाब

मन्नू भंडारी

राधाकृष्ण प्रकाशन

ISBN : 978-81-7119-707-1

एक प्लेट सैलाब (कहानी-संग्रह)

पहला संस्करण : 1968
राधाकृष्ण संस्करण : 2001
चौथा संस्करण : 2025

मूल्य : ₹595

प्रकाशक
राधाकृष्ण प्रकाशन प्राइवेट लिमिटेड
जी-17, जगतपुरी, दिल्ली-110 051
शाखाएँ : अशोक राजपथ, साइंस कॉलेज के सामने, पटना-800 006
पहली मंजिल, दरबारी बिल्डिंग, महात्मा गांधी मार्ग, प्रयागराज-211 001
1, अनमोल सोराबजी संतुक लेन, धोबी तलाव, मरीन लाइंस, मुम्बई-400 002
वेबसाइट : www.radhakrishnaprakashan.com
ई-मेल : info@radhakrishnaprakashan.com

मुद्रक
बी.के. ऑफसेट
नवीन शाहदरा, दिल्ली-110 032

EK PLATE SAILAB
Short Stories by Mannu Bhandari

कोमल कोठारी को

अनुक्रम

नई नौकरी

टाई की नॉट ठीक करते हुए कुन्दन आदेश देता जा रहा था—"सोफ़े का कपड़ा कम पड़ गया है, तुम खुद लाकर दे देना। इनके ज़िम्मे कर दिया तो समझो सब चौपट। दरवाज़े, खिड़कियों का वार्निश आज ज़रूर पूरा हो जाना चाहिए। और देखो, प्लम्बर आएगा तो जहाँ-जहाँ के नल और पाइप खराब हों, सब ठीक करवा लेना।"

रमा पीछे खड़ी सामने के आईने में पड़ते कुन्दन के प्रतिबिम्ब को देख रही थी। उसे लग रहा था, नई नौकरी के साथ कुन्दन की सारी पर्सनेलिटी ही नहीं, बात करने का लहजा तक बदल गया है। कितना आत्मविश्वास आ गया है सारे व्यक्तित्व में! रौब जैसे टपका पड़ता है।

होंठों के कोनों में चुरुट दबाए, जाने से पहले उसने सारे घर का एक चक्कर लगाया। यह भी रोज़ का एक क्रम हो गया था। पीछे के बरामदे में दर्जी सोफ़े के कवर्स सिलाई कर रहा था। कुछ दूर खड़ा मिस्त्री, छोटे-छोटे टिनों में वार्निश तैयार करते लड़के को कुछ आदेश दे रहा था। कुन्दन को देखकर उसने सलाम ठोका। "अब्दुल मियाँ, काम आज पूरा हो जाना चाहिए, तुम्हारा काम बहुत स्लो चल रहा है।"

"काम भी तो देखिए सरकार! समय चाहे दो दिन का ज़्यादा लग जाए, पर आपको शिकायत का मौक़ा नहीं दूँगा। मैं साहब काम की क्वालिटी पर..."

"अच्छा...अच्छा..." कुन्दन लौट आया। ड्राइंग-रूम के पार्टीशन

पर नज़र पड़ते ही कहा—'इन्टीरियर-डेकोरेंटर्स' वालों के यहाँ फ़ोन ज़रूर कर देना। यह पार्टीशन बिलकुल नहीं चलेगा। डिज़ाइन क्या बताया था, बनवा क्या दिया, रबिश।''

कुन्दन गाड़ी में बैठा। रमा पोर्टिको की सबसे निचली सीढ़ी पर खड़ी थी। उसे लगा, जाने से पहले एक बार वह फिर सारे आदेशों को दोहराएगा, पर नहीं। गाड़ी स्टार्ट करके, खिड़की से ज़रा-सा हाथ निकालकर हलके से हिलाते हुए कहा—'अच्छा, बा...बाई,' तो उसे ख़याल आया कि यह तो उसकी आदत थी कि गाड़ी में बैठकर चलने से पहले वह नौकर के सामने बताए हुए सारे काम फिर से दोहरा दिया करती थी।

तब कुन्दन हँसता हुआ कहता था—''बस भी करो यार, अब कितनी बार दोहराओगी। तुम इतनी बार कहती हो इसी से वह गड़बड़ा जाता है।''

गाड़ी लाल बजरी की सड़क पर तैरती हुई फाटक से बाहर निकली और दूर होती हुई अदृश्य हो गई।

रमा को लगा जैसे कुन्दन उसे पीछे छोड़कर आगे निकल गया है... बहुत आगे। जैसे वह अकेली रह गई है। एक महीने पहले वह भी कुन्दन के साथ ही निकला करती थी, कुन्दन उसे कॉलेज छोड़ता हुआ ऑफ़िस जाया करता था। पर अकेलेपन की यह अनुभूति तभी तक रहती जब तक वह पोर्टिको में खड़ी रहती। जैसे ही फ्लैट का दरवाजा खोलकर वह भीतर घुसती—लक-दक फ़र्नीचर, शीशों के दरवाजों और खिड़कियों पर झूलते लम्बे-लम्बे परदे, मिस्त्रियों की खटपट, नए-नए डिस्टेम्पर और वार्निश की हलकी-सी गन्ध के बीच न जाने कहाँ डूब जाती।

काम की एक लिस्ट उसके पास होती, जिन्हें उसे पूरा करना होता; काम करते मिस्त्रियों को देखना होता; मार्केट के दो-एक चक्कर लगाने होते...और यह सब करते-करते ही शाम हो जाती! ट्रिंग-ट्रिंग... ट्रिंग-ट्रिंग...

नई नौकरी

फ़ोन उठाकर उसने नम्बर बोला, "कौन, मिसेज़ बर्मन? कहिए-कहिए, क्या ख़बर है?"

मिसेज़ बर्मन शिकायत कर रही थीं, "कॉलेज छोड़े महीना होने आया, एक बार सूरत तक नहीं दिखाई। आउट ऑफ साइट..."

"अरे नहीं-नहीं," रमा ने बात बीच में ही काट दी। उसने थोड़ा-सा झुककर कोहनी मेज़ पर टिका ली। उलटे हाथ में पैंसिल लेकर वह फ़ोन का सन्देशा लेने के लिए जो पैड रखा था, उस पर यों ही आड़ी-तिरछी लकीरें खींचने लगी।

"आज लंच के समय आओ न, साथ बैठकर खाएँगे। तुम्हारे चले जाने से हमारा डिपार्टमेंट तो सूना ही हो गया। लंच के समय तो तुम्हें बहुत ही मिस करते हैं। और एक तुम हो कि जाने के बाद ख़बर तक नहीं ली...।"

"क्या बताऊँ, इस नए घर को ठीक कराने के चक्कर में इतनी व्यस्त रही कि उधर आ ही नहीं सकी। अच्छा यह बताइए सुधा, मालती, जयन्ती सब कैसी हैं?"

"कहा न, आज आ जाओ। सबसे मिल भी लेना, खाना भी साथ खाएँगे।"

"आज?" और एक क्षण को मन के भीतरी-स्तर पर आज के सारे कामों की लिस्ट तैर-सी गई—"आज तो सम्भव नहीं होगा मिसेज़ बर्मन!" क्षमायाचना के-से स्वर में वह बोली, "बस, एक सप्ताह और ठहर जाइए, फिर अपने इस नए घर की पार्टी दूँगी...देखिए अपनी रमा का कमाल...देखेंगी तो पता लगेगा कि एक महीने तक क्या करती रही।" फिर और दो-चार इधर-उधर की बातें और हलकी-फुलकी-सी मज़ाकें हुईं और रमा ने फ़ोन रख दिया।

फ़ोन रखने के बाद नए सिरे से इस बात का बोध हुआ कि कॉलेज छोड़े उसे अट्ठाइस दिन हो गए। जाना तो दूर, उसे कभी ख़याल भी नहीं आया वहाँ का। आश्चर्य के साथ-साथ उसे थोड़ी-सी ग्लानि भी हुई; वह क्यों नहीं गई, कैसे रह सकी बिना गए। आज बर्मन का फ़ोन

नहीं आता तो पता नहीं और भी कितने दिनों तक उसे उधर का ख़याल ही नहीं आता। क्या सचमुच वह बड़े अफ़सर की बीवी बन गई है? उसे मज़ाक में कसा हुआ जयन्ती का रिमार्क याद आया।

एकाएक मन हुआ कि अभी चल पड़े। एक बार सबसे मिल ही आए। मना करने के बाद पहुँचकर वह सबको प्लेजेंट सरप्राइज़ देगी। उसने रसोई में जाकर दस-बारह आलू के पराँठे और चाट तैयार करने को कहा। ये दोनों चीज़ें वहाँ सबको बहुत पसन्द थीं। सारे डिपार्टमेंट में वह और मिसेज़ बर्मन ही विवाहित थीं...बाकी सब कॉलेज हॉस्टल में रहती थीं और अच्छी-अच्छी चीज़ें खाने की उनकी फ़र्माइशें बनी ही रहती थीं।

उसे अपनी फ़ेयरवैल पार्टी की याद आई। साढ़े दस साल की सर्विस थी। प्रिंसिपल ने अनेकानेक शुभकामनाओं के साथ फूलों के बड़े-बड़े गुलदस्तों के बीच पार्कर पेन का एक सैट रखकर दिया था—"मिसेज़ चोपड़ा, आप इसी पेन से अपनी थीसिस पूरी करिए। जब भी वापस काम करने का मन हो, बिना किसी संकोच के चली आइए, यहाँ आपका हमेशा ही स्वागत है।" उसके डिपार्टमेंट की सभी लेक्चरर्स गाड़ी तक छोड़ने आई थीं—'भई रमाजी, कॉलेज भले ही छोड़ दीजिए, पर लंच के समय खाना लेकर ज़रूर आ जाया करिए' तो उसकी नम आँखों में भी हँसी चमक उठी थी। तब उसे कुन्दन की बात याद हो आई थी—"तुम वहाँ पढ़ाने जाती हो या खाने! फ़ोन पर भी जब तुम लोगों की बातें होती हैं तो खाना ही डिस्कस होता है।" उसने केवल उन लोगों से ही नहीं कहा था, बल्कि मन में भी सोचा था कि लंच के समय वह कॉलेज चली ही जाया करेगी। आखिर उसे भी तो अपने को कॉलेज से एकदम काट लेने में काफ़ी कष्ट होगा...इस तरह धीरे-धीरे तो फिर भी...

तो क्या कुन्दन ने ठीक ही कहा था? कॉलेज छोड़ने का निर्णय लेकर वह चुपचाप रो रही थी और कुन्दन उसे समझा रहा था—मैं कह रहा हूँ, तुम्हें क़तई अकेलापन नहीं लगेगा, तुम ज़रा भी कमी महसूस

नहीं करोगी ; रादर यू बिल फ़ील रिलीव्ड। कितना स्ट्रेन है तुम पर आजकल!

कुन्दन को एकाएक विदेशी कम्पनी में इतनी बड़ी नौकरी मिल जाएगी, इसकी आशा औरों को चाहे रही भी हो, कुन्दन को बिलकुल नहीं थी। डॉ. फ़िशर से पिछले आठ-साल से उसके सम्बन्ध थे, विशुद्ध व्यावसायिक सम्बन्ध। उनकी प्रशंसा और सद्व्यवहार को भी वह व्यावसायिक औपचारिकता से अधिक कुछ नहीं मानता था पर...

दस-बारह दिन तक केवल जश्न ही मनाया था रमा और कुन्दन ने। पैसे की उसे इतनी लालसा नहीं थी, पर मारवाड़ी कन्सर्न का काम उसके टेम्परामेंट के बिलकुल अनुकूल नहीं था। रमा इस नए माहौल से नितान्त अपरिचित नहीं थी—क्लब, डांस, डिनर, कॉक्टेल यह सब वह बचपन से देखती आई थी, पर बस देखती ही आई थी, उसमें अपने को कभी घुला नहीं पाई थी।

डॉ. फ़िशर ने कुन्दन को नौकरी ही नहीं दी थी, धीरे-धीरे वे उसकी सारी ज़िन्दगी का पैटर्न भी तय कर रहे थे। उसे दो-तीन क्लबों का मेम्बर बनना पड़ा। आए दिन दूसरी कम्पनियों के बड़े-बड़े अफ़सरों को एंटरटेन करना पड़ता। विदेशियों को हिन्दुस्तानी खाना खिलाने के बहाने उसे घर में भी बड़ी-बड़ी पार्टियाँ करनी पड़तीं और तीन महीने पहले उसे कम्पनी की ओर से यह फ्लैट मिल गया। उसने सोचा, वह अपने इस नए घर को निहायत ही ओरिऐंटल ढंग से सजाएगा, विदेशियों के लिए तो यही नवीनता होगा।

पर घर के लिए नया फ़र्नीचर बनवाने, चुन-चुनकर चीज़ें खरीदने के लिए दोनों में से किसी के पास भी समय नहीं था। कुन्दन चाहता था यह काम रमा को ही करना चाहिए; क्योंकि यह काम उसी का था... फिर उसकी सुरुचि और सुघड़ता के तो हल्ले भी ये मित्रों के बीच में पर रमा के पास समय ही नहीं रहता। सबेरे उठकर वह बंटी को तैयार करके स्कूल भेजती। फिर खुद तैयार होती। तैयार होते-होते ही वह नौकर को आदेश देती जाती, सारे दिन का काम-समझाती; नाश्ता

करते-करते वह अपना लेक्चर तैयार करती, तैयार तो क्या करती बस सूँघ-भर लेती। फिर नौ बजे कुन्दन के साथ ही निकल जाती। तीन के क़रीब वह लौटती...थोड़ा आराम करती और फिर शाम की तैयारी। बाहर नहीं जाना होता था तो घर में किसी को आना रहता था।

रात ग्यारह-साढ़े-ग्यारह पर वह सोती तो थककर चूर हो जाती। कुन्दन को उस समय हलकी-सी खुमारी चढ़ी रहती, कहता—"डोंट बी सिली। पार्टी में कैसे थक जाती हो? गाड़ी में बैठकर जाती हो... खाना-पीना, हँसी-मज़ाक, इनमें भी कहीं थका जाता है? गाड़ी में बिठाकर ले आता हूँ।"

रमा तब केवल सूनी-सूनी आँखों से उसे देखती रहती। मन की भीतरी परतों पर हिस्ट्री के वे टॉपिक्स तैरते रहते जो उसे कल पढ़ाने होते, और जिन्हें वह जबरन ही दिमाग़ से बाहर ठेलने का प्रयास करती रहती। कुन्दन उसे बताता रहता कि डॉ. फ़िशर उससे कितने खुश हैं, कितना इम्प्रेस कर रखा है उसने; एकाएक ही उसे अपना भविष्य बहुत उज्ज्वल दिखाई देने लगा है। पता नहीं थकान के कारण या किसी और वज़ह से वह उतना उत्साह नहीं दिखा पाती तो कुन्दन बिगड़ पड़ता— "क्या बात है, देखता हूँ तुम्हें कोई दिलचस्पी ही नहीं है मेरे राइज में... यू सीम टूबी..."

"क्या बेकार की बातें करते हो, मुझे नींद आ रही है।"

कभी कुन्दन फ़ोन पर कह देता कि ठीक सात बजे तैयार होकर रहना और आकर देखता कि वह तैयार हो रही है तो बिगड़ पड़ता— "रमा, तुम्हें टाइम की सेंस कब आएगी...कभी घर पर खाना होता और कोई कसर रह जाती तो रात में बड़े सँभलकर कहता—"मैं यह नहीं कहता कि तुम खाना बनाओ...तीन-तीन नौकर तुम्हारे पास हैं, पर ज़रा-सा देखभर लिया करो!" ऐसे मौक़ों पर रमा कुछ नहीं कहती।

उस दिन कॉलेज में रमा को एक पेपर पढ़ना था। उसने खुद ही ऑफ़र किया था। सोचा था, इसी बहाने एक टॉपिक तैयार हो जाएगा, पर बिलकुल भी तैयार नहीं कर पाई। रात में लेटी तो रोना आ गया।

''मुझसे यह सब निभता नहीं।'' लौटकर बिना कपड़े बदले ही कटे पेड़ की तरह पलँग पर गिरकर उसने कहा।

''क्या नहीं निभता?''

''यह रवैया मेरे बस का नहीं है। कितना गिल्टी फ़ील करती हूँ। बिना तैयार किए पढ़ाना, लगता है जैसे लड़कियों को चीट कर रही हूँ। दो घंटे का समय भी तो मुझे अपने लिए नहीं मिलता।''

कुन्दन सोच रहा था कि रात में रमा के साथ वह एक-एक कमरे को अरेंज करने की योजना बनाएगा। कलर-स्कीम के लिए उसने जेन्सन-निकलसनवालों से बात की थी। रमा की बात सुनी तो चुप रह गया।

''बंटी की रिपोर्ट देखी? हमेशा फर्स्ट आया करता था, इस बार सेविन्थ आया है।''

बगल में लेटकर, रमा को अपनी ओर खींचते हुए कुन्दन ने बहुत प्यार-भरे लहज़े में कहा–''तो तुम उसे पढ़ाया करो!''

''कब पढ़ाया करूँ, तुम्हीं बताओ? शाम को पाँच से सात बजे का जो समय मिलता है, उसमें वह खेलने जाता है।''

''तो तुम्हीं बताओ मैं क्या करूँ?'' बालों में हाथ फेरते हुए कुन्दन ने बहुत ही मुलायम स्वर में पूछा।

''कल मुझे पेपर पढ़ना है। पन्द्रह दिन पहले टॉपिक मिला था। एक लाइन भी नहीं लिखी है...अब कोई झूठा बहाना ही तो बनाना पड़ेगा।''

कुन्दन की उँगलियाँ बालों पर से उतरकर गालों पर फिसलने लगीं।

''दस साल पूरे हुए...छः, आठ महीने में अपनी थीसिस सबमिट कर देती तो मेरा सिलेक्शन-ग्रेड में आना निश्चित ही था, पर ऐसी हालत रही तो...''

रमा रो पड़ी।

दूर कहीं कुन्दन के कानों में डॉ. फ़िशर के शब्द गूँज रहे थे–जनवरी में जर्मनी से डाइरेक्टर आने वाले हैं, हमें यहाँ का सारा काम दिखाना

होगा। एक नया प्लांट बिठाने की भी योजना है, उसके लिए कुछ रिसपॉन्सिबल लोगों की ज़रूरत होगी...सम स्मार्ट यंग मैन! बिज़नेस में सोशल कॉन्टेक्ट्स पे करते हैं। यू विल हैव टुबी वैरी सोशल।''

कुन्दन को इन बातों में हमेशा अपने लिए कुछ संकेत, कुछ आश्वासन मिलते।

''लकीली योर वाइफ़...''

''तुम मुझे छोड़ जाया करो। कोई ज़रूरी है कि मैं हर दिन तुम्हारे साथ ही जाया करूँ?''

कुन्दन कुछ देर उसे यों ही सहलाता रहा, फिर एकएक उसे बाँहों में भरता-सा बोला—''तुम्हें छोड़कर आज तक मैं कहीं गया हूँ, जा सकता हूँ। ऑफ़िस के अलावा हमेशा हम साथ जाते हैं। तुम तो जानती हो कि तुम्हारे बिना मुझे कुछ भी अच्छा नहीं लगता।''

रमा खुद इस बात को जानती है। उनका आठ साल का विवाहित जीवन दोस्तों के बीच ईर्ष्या और प्रशंसा का विषय रहा है। समझ नहीं पाई क्या कहे! वह जब तक सो नहीं गई, कुन्दन उसे प्यार से थपथपाता रहा था।

''मेम साहब, पराँठे अभी बनेंगे?''

''...ऐं?'' चौंकते हुए रमा ने पूछा। फिर बोली—''नहीं-नहीं, साढ़े बारह बजे बनाना है, एक बजे हम कॉलेज जाएँगे आज। जितने एक चक्कर बाज़ार का लगा आऊँ और सोफ़े का कपड़ा लाकर दे दूँ।'' उसने एक बार भीतर जाकर मिस्त्रियों को याद दिला दिया कि आज पॉलिश हर हालत में ख़त्म कर देनी है।

फिर अपनी डायरी देखी—बाज़ार से और क्या-क्या सामान लाना है। कपड़े बदलने अन्दर गई तो देखा नौकर ने रैक से सारी किताबें निकाल रखी थीं और पोंछकर जमा रहा था।

इनमें से एक किताब भी उसने नहीं पढ़ी है, कुछ पर तो अभी तक अपना नाम भी नहीं लिखा है। कुन्दन ने भी ज़ोश में आकर एक दिन में इतनी ढेर-सी किताबें खरीदकर सामने रख दी थीं।

नई नौकरी

बात शुरू दूसरे स्तर पर हुई थी। कुन्दन ऑफ़िस से लौटा था तो बिना किसी प्रसंग के रमा ने कहा–"मैं कॉलेज छोड़ दूँगी। इस तरह काम करने से तो नहीं करना ज़्यादा अच्छा है।" स्वर में न कहीं तलखी थी न शिकायत, बड़े सहज स्वर में उसने कहा था।

कुन्दन देखता रहा। यही वाक्य था जिसे उसने अनेक बार अनेक तरह से मन-ही-मन में दोहराया था, पर कहने का मौक़ा नहीं मिला था। अब तो उसे यह और भी ज़रूरी लग रहा था, क्योंकि जनवरी तक उसे अपना सारा घर डेकोरेट करना था...ओरिएंटल स्टाइल पर। फिर भी उसने पूछा–"क्या बात हो गई?"

"कुछ नहीं।"

कुन्दन को इस समय और बात खींचना अच्छा नहीं लगा। चाय का प्याला हाथ में लिए ही लॉन में निकल गया। कैक्टस की जितनी वैराइटी ला सकता था, लॉकर फाटक के दोनों ओर बड़ी खूबसूरत रॉकरीज़ बनाई थीं। पर लॉन से वह अभी भी सन्तुष्ट नहीं था। चाहता था, लॉन पर्शियन कार्पेट में बदल जाए।

रात में फिर वहीं प्रसंग चला। कुन्दन उससे बचना भी चाहता था और जानना भी चाहता था कि रमा ने सचमुच ही यह निर्णय ले लिया है या कि केवल कुन्दन पर अपना आक्रोश प्रकट कर रही है। पर रमा ने केवल इतना ही कहा–"अब निभता नहीं, कल इस्तीफ़ा दे दूँगी।"

स्वर के भीगेपन ने कुन्दन को भी कहीं से छुआ ज़रूर फिर भी सारी बात को एक हलके मज़ाक में बदलने के लहज़े से उसने कहा, "छोड़ो भी यार, वैसे भी क्या रखा है एंशिएंट हिस्ट्री पढ़ाने में! चोल वंश, चेदिवंश के बारे में न भी जानेंगे तो कौन-सी ज़िन्दगी हराम हो जाएगी!"

रमा चुप!

"इससे तो तुम खूब किताबें पढ़ो, मैगजीन्स पढ़ो...कुछ छुटपुट क्लासेज़ अटेंड कर लो। बंटी को पढ़ाओ। दुनियाभर के बच्चों को पढ़ाओ और अपना बच्चा निगलेक्ट हो..."

रमा चुप!

कुन्दन उस चुप्पी पर खीज़ आया, फिर भी अपने स्वर को भरसक संयत बनाकर बोला, "तुम्हें शायद लग रहा है कि मेरी वज़ह से, इस नई नौकरी की वज़ह से तुम्हें अपना काम छोड़ना पड़ रहा है...पर यह तो सोचो, मुझे ही इस नौकरी में क्या दिलचस्पी है? तुम्हारे लिए, बंटी के लिए..."

"मैंने तो ऐसा नहीं कहा। मैं तो यही सोच रही थी कि आखिर मेरे मन के सन्तोष के लिए क्या होगा?"

"मेरा सन्तोष, तुम्हारा सन्तोष नहीं है, मेरी तरक्की, तुम्हारी तरक्की नहीं है?"

"है क्यों नहीं? मेरा यह मतलब नहीं था। दस साल से काम कर रही थी... छोड़ दूँगी तो मेरा मन कैसे लगेगा?"

"मैं तो सोचता हूँ, तुम्हें यह सब सोचने का समय ही नहीं मिलेगा।" और शाम को उसने तीन बंडल किताबें लाकर उसके सामने रख दी थी।

और सचमुच उसके बाद उसे यह सब सोचने का समय ही कब मिला। आज भी मिसेज़ बर्मन के टेलीफ़ोन ने ही उसे कॉलेज की याद दिलाई, वरना...

सारे दिन गाड़ी में घूम-घूमकर उसने घर का सामान ख़रीदा है। पर्दों के लिए उसने लूमवालों से यह तय किया कि चालीस गज़ कपड़ा बनाकर वह उस डिज़ाइन को नष्ट कर देंगे, जिससे उसके जैसे पर्दे और कहीं देखने को भी न मिलें। डिज़ाइन भी उसने खुद पसन्द करके बनवाया था।

राजस्थान की किसी रियासत का बहुत-सा सामान नीलाम हुआ था। कितने दिनों तक वह वहाँ जा-जाकर बैठी थी—पुरानी पेंटिंग्ज़, झाड़-फ़ानूस और भी सजावट की छोटी-मोटी चीज़ें उसने खरीदी थीं।

आज दरवाजों का पॉलिश समाप्त हो जाएगा तो सारा सामान

जमाना है। डाइरेक्टर मुम्बई आ गए हैं, अगले सप्ताह तक यहाँ आ जाएँगे, तब तक वह सब जमा लेगी। 'इंटीरियर डेकोरेटर्स' वालों के यहाँ से एक आदमी बराबर आता रहा है। तभी उसे फ़ोन करने का ख़याल आया।

लाइन एंगेज्ड थी।

वह बाहर जाने के लिए निकल ही रही थी कि टेलीफ़ोन की घंटी बजी। रमा ने रिसीवर उठाकर अपना नम्बर बोला, "ओह, मैं सोच रहा था। तुम कहीं मार्केट के लिए नहीं निकल गई होओ।"

"बस निकल ही रही थी।"

"सुनो डार्लिंग, लंच पर मेरे साथ एक साहब होंगे, यहीं के हैं, बहुत फॉर्मल होने की ज़रूरत नहीं है, बस ज़रा-सा देख लेना। डेकोरेटर को फ़ोन किया?"

"किया था, पर लाइन नहीं मिली, लौटकर फिर करूँगी।"

"ओ.के.।" खट!

रसोई में जाकर रमा ने कहा–"थोड़ी सब्ज़ियाँ उबालकर इन उबले हुए आलुओं में मिला दो। पराँठे नहीं बनेंगे, वेजिटेबिल कटलेट बना देना!"

फिर उसने फ्रिज खोलकर देखा–सबकुछ था। जब वह कॉलेज जाती थी तो कुन्दन का लंच ऑफ़िस जाता था, पर आजकल वह लंच के लिए घर ही आता है।

पहली तारीख़! लंच के लिए कुन्दन आया। जब भी वह घर आता, एक बार सारे घर का चक्कर लगाता। इस नई साज-सज्जा को हर एंगिल्स से देखता...और उसके चेहरे पर एक सन्तोषमय, गर्वयुक्त उल्लास चमकने लगता। कभी-कभी इसी उल्लास में रमा को बाँह में भरता हुआ कहता–"यू आर रीयली वंडरफुल!" यों खुले में चूमने की मर्यादा वह तोड़ नहीं पाया था, इसी से केवल उसे दबाकर छोड़ देता।

पूरा चक्कर लगाकर बोला—"आई थिंक एवरी थिंग इज़ इन ट्यून! क्यों?"

कलफ़ लगा नैपकिन फड़फड़ाता हुआ उसकी गोद में फैल गया।

"अब कोई आए, मुझे चिन्ता नहीं। पाँच तारीख़ को डाइरेक्टर आ रहे हैं—मैं इस बार एक बड़ी पार्टी घर पर ही करूँगा।"

रमा खाती भी जा रही थी और उसकी प्लेट का ध्यान भी रख रही थी। जो चीज़ ख़त्म हो जाती, रख देती।

"बस यार, वो रोब पटकाना है कि डाइरेक्टर की नज़रों में जम जाऊँ...एक बार ये लोग इम्प्रेस हो जाएँ तो रास्ता साफ़ है। डॉ. फ़िशर तो जब भी कोई मौक़ा आएगा, मेरे फेवर में ही राय देंगे।"

रमा कुन्दन के बच्चों-जैसे पुलकमय आवेश पर मन्द-मन्द मुस्कराती रही।

"मेम साहब, आपका फ़ोन है।"

"किसका है? बोलो, बाद में करें। मेम साहब इस समय लंच ले रही हैं।"

कुन्दन इस समय रमा को वह सारी बातें सुनाना चाहता था, जो आज उसके और फ़िशर के बीच हुई थीं। कितने स्पष्ट थे सारे संकेत! फिर भी वह अपने अनुमानों का रमा से समर्थन करा लेना चाहता था।

"कॉलेज से मिसेज़ बर्मन का है।" बैरा लौटने लगा।

"अरे ठहरो!" और रमा एकदम उठ खड़ी हुई।

बातें शुरू हुईं तो वह भूल ही गई कि कुन्दन खाने की मेज़ पर बैठा है और वह खाना बीच में ही छोड़कर आई है।

"अरे डार्लिंग, आओ न! तुम औरतों का भी बस एक बार चरखा चल जाए तो ख़त्म ही नहीं होता।"

रमा लौट ही रही थी—"चरखा क्या, कोई इतने अपनेपन से बुलाए तो मैं ठीक से बात भी न करूँ! यह भी कोई बात हुई भला?"

"अच्छा-अच्छा, अब अपना खाना ख़त्म करो।"

"तुम्हारा हो गया तो तुम उठो न!"

"नो...नो...यह कैसे हो सकता है भला?"

खाने के बाद कॉफ़ी लेकर, ईजी चेयर पर आराम करते हुए कुन्दन ने सिगरेट सुलगा ली और गोल-गोल छल्ले के रूप में धुआँ उगलता रहा। फिर रोज़ की तरह पाँच मिनट के लिए आँख मूँद ली। रमा अखबार पलटने लगी।

"अब चलें।" झटके से कुन्दन उठ खड़ा हुआ।

कोट उठाया तो तनख़्वाह की याद आई। भीतर के जेब से नोट के दो बंडल निकाले—एक बड़ा, दूसरा छोटा।

"अरे यह क्या, तनख़्वाह ले आए? आज क्या पहली तारीख़ हो गई?" रमा को आजकल तारीख़ और दिनों का कुछ ख़याल ही नहीं रहता।

"ये आया, बैरा और खानसामा के हैं। अस्सी, अस्सी और सौ!" छोटा बंडल बढ़ाते हुए कुन्दन ने कहा। रमा ने बंडल ले लिया।

"और यह तुम्हारा है।" फिर जरा-सा झुककर बोला।

"अब जो मुनासिब समझो, इस गुलाम को पान-सिगरेट के लिए दे देना।" और हँस पड़ा। रमा भी मुस्करा दी।

"बा...बाई...' और लाल बजरी की सड़क पर तैरती हुई कुन्दन की कार रमा को वहीं छोड़कर आगे चली गई।

बन्द दराज़ों का साथ

उसकी मेज़ बहुत बड़ी थी और तीन दराज़ों में बँटी हुई थी। बाईं ओर वाली दराज़ व्यक्तिगत थी, बीच वाली पारिवारिक और दाहिनी को चाहें तो सामाजिक कह लें। यह विभाजन मंजरी का ही किया हुआ था, जो उसने काफ़ी दिनों बाद किया था, उन दिनों जबकि उन दोनों के बीच भी एक विभाजन-रेखा खिंच गई थी। आरम्भ के दिनों में तो उसका ध्यान दराज़ों की ओर क्या जाता, मेज़ की ओर भी नहीं गया था। तब सारे घर में पलँग ही सबसे आकर्षक लगता था और मन करता था कि दिन के चौबीस घंटे किसी तरह रात के आठ घंटों में ही सिमट आएँ। विपिन का शरीर उसके सम्पूर्ण व्यक्तित्व का पर्याय बना हुआ था और यह बात कभी दिमाग़ में भी नहीं आती थी कि शरीर से परे भी उसका कोई व्यक्तित्व और अस्तित्व हो सकता है, सम्बन्ध और सम्पर्क हो सकते हैं, कोई अपना जीवन हो सकता है।

पर यह सब बहुत शुरू की बातें थीं। उन दिनों, जब मनों में कोई भेद नहीं था और इसीलिए जैसे सब तरफ़ के भेद मिट गए थे। सारी ऋतुएँ बसन्त के समान सुहानी लगती थीं। आराम के समय काम की चुस्ती का अहसास होता रहता था और काम करने में भी अजीब तरह का आराम मिलता था।

वह बसन्त की सुहानी सुबह थी। गीले बालों की ढीली-सी चोटी बाँधकर बड़े मन से मंजरी ने मटर-चिउड़ा बनाया था। हर काम वह

बड़े मन से करती थी और उसके गीत सारे घर में गूँजा करते थे। वह ट्रे में सारा सामान सजाकर ले गई, तभी उसने विपिन को कुछ कागज़ों में डूबे हुए पाया।

"इतना मगन होकर क्या पढ़ रहे हो?" उसने हँसते हुए पूछा था तो विपिन एकाएक सकपका-सा गया और सारी बात को टालते हुए उसने ढेर-सा चिउड़ा अपनी प्लेट में डाल लिया था। मंजरी को लगा कि उस दिन वह कुछ ज़रूरत से ज़्यादा तारीफ़ करने के मूड में आया हुआ है। वह लगातार प्रसंगहीन बातें किए चला जा रहा था, पर सब-कुछ मंजरी के मन को छुए बिना ही निकल गया।

रोज़ की तरह दोनों साथ ही घर से निकले थे, पर वह एक पीरियड के बाद ही सिरदर्द का बहाना करके घर लौट आई। सारे रास्ते उसका सिर चकराता रहा था। घर में घुसते समय जाने क्यों लगा, जैसे वह किसी और के घर में घुस रही है।

वह सीधे टेबल के पास गई। टेबल पर पड़ी पुस्तकें, फाइलें, कागज़-पत्तर सब उसने पलटे, पर वे कागज़ नहीं थे। उसे खुद आश्चर्य हो रहा था, एक झलक-भर में उसने कैसे उन कागज़ों की ऐसी गहरी पहचान कर ली। उसने झटके से पहली दराज़ खोली। उसमें कुछ मित्रों और रिश्तेदारों के पत्र थे। एक-दो विवाह के निमन्त्रण-पत्र थे, अपाइंटमेंट की डायरी थी, अखबारों की कुछ कतरने थीं। उसने बीच की दराज़ खोली, उसमें पास-बुक और चैक-बुक थीं, मकान और बिजली के बिल की रसीदें थीं। एक ओर तहाए हुए कुछ रूमाल पड़े थे। उसने तीसरी दराज़ खींची तो वह खुली नहीं। उसमें ताला लगा हुआ था। दराज़ में ताला होना न कोई ऐसी अनहोनी बात है, न ही ऐसी भयंकर, फिर भी वह भीतर तक काँप उठी थी। उसने सारा घर छान मारा पर उसे चाबियाँ नहीं मिलीं और तब सचमुच ही उसका सिर बुरी तरह दर्द करने लगा था। वह मुँह पर साड़ी का पल्ला डालकर सारे दिन लेटी रही।

उस रात जब वह सोई तो भीतर-ही-भीतर उसके कुछ घुमड़ता रहा

था। रुलाई का वेग जैसे फूट पड़ना चाहता था, फिर भी उसने सोच लिया था कि वह जब तक सारी बात का पता नहीं लगा लेगी, तब तक एक शब्द भी नहीं कहेगी। रोज़ की तरह विपिन ने उसे बाँहों में भर लिया था पर जाने क्यों, उसने भीतर-ही-भीतर महसूस किया कि उसके साथ सोनेवाला, उसे प्यार करनेवाला विपिन सम्पूर्ण नहीं है, केवल एक खंड है, एक टुकड़ा। सम्पूर्ण विपिन उसे हमेशा फूल की तरह हलका लगता था, पर खंडित विपिन का बोझ उसके लिए जैसे असह्य हो उठा। बार-बार उसका मन करता कि वह उसी से साफ़-साफ़ पूछ ले, लड़ ले, झगड़ ले, पर दराज़ का ताला जैसे उसकी ज़बान पर आकर लग गया था। वह सारी रात कसमसाती रही, पर बोला उससे कुछ नहीं गया था।

औरत की नज़र यों ही बड़ी पैनी होती है, फिर उस पर यदि सन्देह की सान चढ़ जाए तो आकाश-पाताल चीरने में भी उसे देर नहीं लगती। दूसरे दिन ही वह बन्द दराज़ उसके सामने खुली पड़ी थी, जो विपिन की निहायत निजी और व्यक्तिगत थी। कुछ डायरियाँ, एक महिला और बच्ची की तसवीरें, पत्र, काँच की ट्यूब में गोलियाँ और क्रोध, घृणा, दुख की मिली-जुली भावनाओं का तूफ़ान उसके मन में उठ रहा था। सिर थामकर वह घंटों वहीं बैठी रही थी। फूट-फूटकर रोती रही थी। उसे बराबर लग रहा था कि जिसे धरती समझकर उसने पैर रखा था, वहाँ शून्य था, कि जैसे वह एकाएक बेसहारा हो गई है। उसे अपने घर की छत और दीवारें सब हिलती नज़र आने लगी थीं।

क्योंकि दराज़ में विपिन का केवल अतीत ही नहीं था, वर्तमान भी था और उसमें भविष्य की योजनाएँ भी। वह जैसे-जैसे विपिन के व्यक्तिगत जीवन के निकट होती जा रही थी, अनजाने और अनचाहे ही विपिन से दूर होती जा रही थी। धीरे-धीरे मनों की यह दूरी शरीरों में भी फैलती चली गई थी और वे अनायास ही एक-दूसरे के लिए निहायत अपरिचित-से हो गए। फिर उनके हिसाब अलग रहने लगे, सम्पर्क और सम्बन्ध अलग हुए।

दोनों के पास अपने-अपने तर्क थे और दोनों ही इस बात को अच्छी तरह जानते थे कि ये तर्क उन्हें कहीं नहीं ले जाएँगे। फिर भी हर तीसरे दिन घंटों बहसें होती थीं और उसकी समाप्ति मंजरी के आँसू ही करते थे। अब स्नेह का स्थान सन्देह ने ले लिया था और तर्कों ने सद्भावना के रेशे-रेशे उधेड़ दिए थे।

तब मंजरी अपने ही घर में बहुत अकेली हो उठी थी और सबकुछ बड़ा वीरान लगने लगा था। हर काम बोझ लगने लगा था। खाली समय और भी बोझिल। वह घंटों किताब खोले बैठी रहती थी, पर पंक्तियाँ केवल आँखों के नीचे से गुजरती थीं, मन उनसे अछूता रहता था। कापियाँ देखने बैठती तो उसकी साथिनें मज़ाक करती थीं कि वह इम्तिहान की कापियाँ देख रही है या प्रूफ़। विपिन से सम्बन्ध क्या गड़बड़ाया था, उसकी समस्त इन्द्रियों के आपसी सम्बन्ध गड़बड़ा गए थे।

वह घर के सारे खिड़की-दरवाज़े खुले रखती थी। फिर भी लगता रहता था कि साफ़ हवा के अभाव में घर की हवा धीरे-धीरे जहरीली होती जा रही है और कोई है, जो उसके देखते-देखते मरता जा रहा है। न वह उसे बचा सकती है और न ही निर्दयतापूर्वक मार सकती है। यों भीतर-ही-भीतर तरह-तरह के संकल्प करती थी पर उसने उन्हें कभी विचारों से आगे नहीं बढ़ने दिया, क्योंकि घर में बहुत जल्दी ही एक तीसरा प्राणी आनेवाला था। उसने उसके और अपने दुर्भाग्य को साथ-साथ ही कोसा था, पर उसके बावजूद मन में कहीं एक हलकी-सी आशा भी झाँकने लगी थी, शायद यह अनागत ही उनके बीच में कहीं सेतु बन जाए।

पर साल-भर के भीतर-ही-भीतर उसने अच्छी तरह जान लिया कि इस युग में आशा करना ही मूर्खता है, क्योंकि आज ज़िन्दगी का हर पहलू हर स्थिति और हर सम्बन्ध एक समाधानहीन समस्या होकर ही आता है, जिसे सुलझाया नहीं जा सकता, केवल भोगा जा सकता है। जिसमें आदमी निरन्तर बिखरता और टूटता चलता है। वह भी दो साल

तक और बिखरी और टूटी थी। विपिन मन में कहीं हलका-सा आश्वस्त महसूस करने लगा था कि मंजरी ने शायद उस सबको स्वीकार लिया है, कि शायद अब वह कटेगी नहीं।

पर ऐसा हुआ नहीं। शादी की पाँचवीं सालगिरह थी। वह दिन अपने सारे अर्थ खो चुकने पर भी दिन तो बना ही हुआ था। यों इस दिन न चाहने पर भी वह अपने को बहुत दुर्बल महसूस करती थी। उसकी यातना कई गुना बढ़ जाती थी। पर इस बार उसने वैसा कुछ भी अनुभव नहीं किया और बड़े आग्रह से विपिन को कहा था कि वह उसे सन्ध्या के पाँच बजे ला-बोहिम में मिले।

ला-बोहीम का अँधेरा कोना। आस-पास की मेज़ें खाली थीं और अपनी मेज़ पर लटकती बत्ती को उसने बुझा दिया था। अँधेरा होने के साथ ही मंजरी के मन में एक क्षण को यह बात आई थी कि आज के इस अँधेरे से ही वे चाहें तो अपनी ज़िन्दगी में कितनी रोशनी ला सकते हैं। उस समय भीतर-ही-भीतर कुछ कसका भी था, पर दूसरे ही क्षण उसने अपने को सहज बना लिया, यह सोचकर कि यह निरी भावुकता है और भावुकता को लेकर आदमी केवल कष्ट पा सकता है, जी नहीं सकता। मंजरी जीना चाहती थी—अपने लिए और अपने बच्चे के लिए।

और तीन घंटे के बाद जब वे वहाँ से निकले तो उसे स्वयं आश्चर्य हो रहा था कि कैसे वह इतने सहज और तटस्थ ढंग से सारी बात कर सकी, मानो ये सारे निर्णय उसने अपने लिए नहीं, किसी और के लिए लिए हों। वह खुद जानती है कि औरतें कभी पूरी तरह तटस्थ नहीं रह सकतीं, खासकर ऐसे सांघातिक क्षणों में तो वे बात भी नहीं कर सकतीं, केवल रो सकती हैं, झार-झार रो सकती हैं।

उससे भी ज़्यादा आश्चर्य उसे तब हुआ था, जब अपने निर्णय को व्यावहारिक रूप देने के लिए वह अपना सारा सामान बटोरकर, दो महीने की छुट्टी ले दिल्ली से बिदा हुई थी। विपिन ने बच्चे को बहुत

प्यार किया था और एक बार उसे भी। फिर बहुत ठंडे स्वर में कहा था—"मैं दिल्ली छोड़ दूँगा। इस सबके बाद मुझसे यहाँ रहा भी नहीं जाएगा। तुम शायद यहीं लौटकर आना पसन्द करोगी। इस घर को अपने नाम ही रहने दो।"

मंजरी तब तक यह तय नहीं कर पाई थी कि उसे कहाँ रहना है, क्या करना है। केवल एक विश्वास था कि जिस सहज ढंग से वह सारी स्थिति से उबरी है, उसी तरह नई ज़िन्दगी का रास्ता भी खोज लेगी। फिर भी उसने घर अपने ही नाम रहने दिया। मानसिक तनाव के ऐसे विकट क्षणों में भी उसकी व्यावहारिक बुद्धि कुंठित नहीं हुई, तभी उसे लगा कि विपिन से ब्याह करके आनेवाली मंजरी पूरी तरह मर चुकी है। यह तो उसकी लाश से पैदा हुई दूसरी ही मंजरी है।

ऐन समय पर बहुत बड़ा नाटक होने की सम्भावना थी। बच्चे को लेकर कुछ हो सकता था पर कुछ नहीं हुआ। ऊपर से बड़े सहज ढंग से कुछ औपचारिकता भरे वाक्यों का आदान-प्रदान हो रहा था पर भीतर से मन मरे हुए थे। ट्रेन, प्लेटफ़ार्म और प्लेटफ़ार्म पर खड़े विपिन को पीछे छोड़कर आगे बढ़ गई थी और सबकुछ मंजरी ने सूखी आँखों से ही देखा था।

जब सब पीछे छूट गया तो भीतर से एक गहरी निःश्वास निकली थी, शायद मुक्ति की। अपने ही शरीर का फोड़ा जब सूख जाता है तो मरी हुई खाल को शरीर से खींचकर अलग करते समय जैसी भावना आती है, कुछ-कुछ वैसी ही।

दो महीने बाद वह उसी घर में लौटी थी। सबने उसे देखकर पूछा था कि क्या वह बीमार रहकर आई है, वह बहुत दुबली हो गई है, उसका चेहरा सूखा और काला हो गया है। उसे स्वयं महसूस होता था, पर उस सबसे कुछ भी अन्तर नहीं पड़ता था। उसने वहाँ आकर सबसे पहले चश्मा लिया, क्योंकि उसकी आँखें एकाएक ही बहुत कमजोर हो गई थीं।

घर ज्यों-का-त्यों था, केवल वे सब चीज़ें वहाँ से हटा दी गई थीं

जिनके साथ विपिन की स्मृति लिपटी थी, वह मेज़ भी। मेज़वाला वह कोना खाली रहने पर भी उसके मन में भय और वितृष्णा की मिली-जुली भावना पैदा किया करता था। वह विपिन से मुक्त होकर भी जैसे उस मेज़ से पूरी तरह मुक्त नहीं हो पा रही थी।

घर के बचे हुए सामान पर धूल की परतें जमी हुई थीं। एक दिन तो वह उस घर में कुछ भी नहीं कर पाई, दूसरे दिन ही वह सफ़ाई में जुट गई। विपिन का कोई भी चिन्ह वहाँ नहीं था, सिवाए एक-दो भरे हुए एश-ट्रे के। एक बार उन्हें खाली करते समय ज़रूर उसका हाथ काँपा था। घर साफ़ हो गया था। फिर भी उसे बराबर लगता रहा था कि बड़ी ही परिचित गन्ध है, जो उसमें बराबर बनी हुई है। वह किधर भी जाए, कहीं भी रहे, उस गन्ध के अहसास से मुक्त नहीं हो पाती थी।

तब उसने घर के सारे खिड़की-दरवाज़े खुले रखने शुरू कर दिए थे। बाहर की साफ़ हवा, धूप आने के लिए। धीरे-धीरे उन खुले दरवाज़ों से हवा और धूप के साथ-साथ अनेक तरह की गन्ध, अनेक चेहरे और अनेक नज़रें भी झाँकने लगी थीं। कुछ तरस लिए और कुछ आत्मीयता लिए। उसके साहस की प्रशंसा भी की जाती थी और कभी-कभी दबी ज़बान से यह समाचार भी दिया जाता था कि विपिन को किसी बच्ची और महिला के साथ देखा है। विपिन के लिए स्वर में भर्त्सना रहती थी, पर उसे न अपनी प्रशंसा छूती थी, न विपिन की भर्त्सना।

पहले साल परिचित और नए चेहरों की संख्या काफ़ी बढ़ी थी, फिर धीरे-धीरे घटने लगी। हमदर्दों के लिए बात पुरानी हो चुकी थी और उन्हें लगता था कि वे अपना फ़र्ज अदा कर चुके हैं। सिर्फ़ एक चेहरा था जो निरन्तर बना रहा और घर में बहुत भीतर तक प्रवेश कर गया। पर मंजरी किसी प्रकार की हड़बड़ी में नहीं थी। हाँ, इतना ज़रूर हुआ कि एकाएक उसे बहुत-बहुत अकेलापन लगने लगा, नौकरी बोझ लगने लगी और जीवन नीरस।

कभी-कभी वह अकेले क्षणों में सोचती कि नहीं, वह अब ज़िन्दगी

की राहों को बदलेगी नहीं। जिस तटस्थता से उसने सबकुछ झेला और अपने को टूटने नहीं दिया, उससे उसे लगने लगा था जैसे वह बहुत बड़ी हो गई है, मैच्योर हो गई है। इस उम्र में यह सब शायद उसके लिए सम्भव नहीं होगा। पर जब भी वह चेहरा क़रीब आता, अनायास ही उसकी उम्र के दस साल कहीं चले जाते तब वह सोचती कि नहीं, कहीं कुछ नहीं बिगड़ा है। दिनों ने गुज़रकर उसकी उम्र की संख्या में ज़रूर वृद्धि कर दी है पर भावनाएँ तो आज भी अछूती ही हैं। ज़िन्दगी के वे सुनहरे दिन, जब उसे अपनी भावनाओं को खर्च करना था, मरे हुए सम्बन्धों की लाश ढोने में ही बीत गए।

फिर भी उसने तीन साल तक कोई निर्णय नहीं लिया। उसने सोचा था, केवल सोचा ही नहीं, चाहा था, बहुत सच्चाई और ईमानदारी से चाहा था कि जैसे वह विपिन के सम्बन्ध से उबर गई थी, इस अकेलेपन से भी उबर जाए। पर उसने पाया कि वह अपने बेटे के सहारे अपने अकेलेपन से लड़ने की कोशिश कर रही है। उसे खुद महसूस हुआ कि असित के प्रति उसका व्यवहार कहीं असन्तुलित होता चला जा रहा है। लोगों ने उसे दबी-दबी ज़बान से सलाह दी थी कि उसे असित को होस्टल भेज देना चाहिए। पहले वह बराबर विरोध करती रही थी—कुछ आर्थिक कारणों से और कुछ इसलिए कि उसे भेजकर वह स्वयं कितनी अकेली हो जाएगी। पर फिर उसे खुद लगा था कि वह अपना अकेलापन ख़त्म करने के लिए, बच्चे का सारा भविष्य ख़त्म किए दे रही है।

तब उसने दो निर्णय एक साथ लिये थे। वह असित को होस्टल भेज देगी। वह अपना अकेलापन समाप्त करने के लिए सही और स्वाभाविक मार्ग ही अपनाएगी।

उसे इस बात पर खुशी भी हुई थी और हलका-सा गर्व भी कि स्थिति बहुत अधिक बिगड़ने से पहले ही वह एकाएक तटस्थ होकर चीज़ों को उनके सही रूप में देख लेती है और फिर उन्हीं के अनुरूप निर्णय ले पाती है।

दिलीप अब साथ आ गया था और इसलिए ज़िन्दगी के दस वर्ष एकदम चले गए थे। घर बदल गया था और बिलकुल नए ढंग से सजाया गया था। नए घर की साज-सज्जा में हमेशा कुछ-न-कुछ गुनगुनाते हुए वह काम किया करती थी। नौकरी उसने छोड़ दी थी, क्योंकि साथिनों की नज़रों में झाँकती हिक़ारत उससे बर्दाश्त नहीं होती थी। वैसे भी इस काम से वह बहुत ऊब चुकी थी। अब दिसम्बर की सरदी में सारी रात किसी की बाँहों में गरमाए रहने के बाद जब उसकी अलस आँखें खुलतीं तो सामने की ड्रेसिंग-टेबल पर उसे अपने प्रसाधन की अनेक चीज़ें सजी हुई दिखाई देती थीं, छमाही इम्तिहान की कापियों का गट्ठर नहीं। तब मन बहुत हलका और आश्वस्त हो आता था।

छुट्टियों में असित घर आया था। दिलीप को वह बराबर घर में देखता रहता था, सो मंजरी को दोनों को परिचित करनेवाला संकट नहीं झेलना पड़ा। असित के आने से मंजरी बहुत प्रसन्न थी और उसे समझ नहीं आता था कि उसे क्या खिलाए, कहाँ घुमाए। दिलीप के जाते ही वह उसे लेकर निकल जाती। दिसम्बर की सुहानी धूप सारी दिल्ली को बेहद सुहाना और उत्फुल्ल बनाकर सड़कों-मैदानों पर फैली रहती थी। शाम को वे लौटते, तो दोनों के हाथों में असित के फ़रमाइशी पैकेट होते थे।

छुट्टियाँ समाप्त होने पर असित लौटने लगा। उसके स्कूल के बच्चों का पूरा ग्रुप था। स्कूल से छः महीने का बिल भी आया था। दिलीप ने यों ही कह दिया—"यह स्कूल काफ़ी महँगा है, इस महीने यों भी काफ़ी खर्च हो गया।" तो मंजरी के चेहरे पर एक हलकी-सी छाया तैर गई। बात साधारण थी और सच्ची भी। असित दिलीप का बच्चा होता तब भी वह यह बात कह सकता था। पर असित दिलीप का बच्चा नहीं था और क्योंकि सन्दर्भ दूसरा था इसलिए बात का अर्थ भी दूसरा हो गया। दिलीप ने शायद स्थिति को भाँप लिया और सारी बात को सहज बनाने के लिए कहा, "क्या जमाना आ गया है, हम इतना पढ़ लिए हैं पर ऐसी लम्बी-चौड़ी फ़ीस नहीं दी।" पर बात फिर भी

शायद सहज नहीं हो पाई थी। तब मंजरी को पहली बार अपनी नौकरी छोड़ने पर अफसोस हुआ।

और उसके बाद धीरे-धीरे फिर उस घर में एक दृश्य मेज़ उभर आई थी, पर वह मेज़ इस बार दिलीप के कमरे में नहीं, मंजरी के कमरे में आई थी और वह भी दो दराज़ों में बँटी हुई थी—एक व्यक्तिगत, एक पारिवारिक। व्यक्तिगत दराज़ में असित के फ़रमाइशी-पत्र, उसके चित्र, उसके स्कूल की रिपोर्ट और विपिन के कुछ औपचारिक पत्र थे, जिसमें यह आश्वासन दिया गया था कि असित का आधा खर्च वह दिया करेगा।

और मेज़ का वह विभाजन फिर पहले की तरह मन और शरीर से होता हुआ सारे घर में फैल गया था। बारह से कहीं कुछ नहीं बदला था—न बातचीत में, न व्यवहार में। पर अनजाने और अनचाहे ही भीतर से जैसे मन बँट गए थे, ज़िन्दगी बँट गई थी। इस बार हालाँकि प्रसंग और स्थितियाँ दूसरी थीं, पर बँटने की पीड़ा वही थी, वैसी ही थी।

रात में, दिन में, लेटे-लेटे मंजरी न जाने क्या-क्या सोचा करती! जब-तब विपिन भी याद आने लगा और आश्चर्य यह कि उसका यों याद आना अब उतना बुरा भी नहीं लगता। फिर भी वह इस अहसास से मुक्त नहीं हो पाती कि विपिन ने केवल अपनी ज़िन्दगी को ही टुकड़ों में नहीं काटा, कितने कौशल से वह उसकी ज़िन्दगी को भी टुकड़ों में काट गया है कि आगे उसे सारी ज़िन्दगी ही इन टुकड़ों की अभिशप्त छाया में काटनी होगी कि वह अब कभी भी अपनी सम्पूर्ण ज़िन्दगी नहीं जी पाएगी।

एक प्लेट सैलाब

मई की साँझ!

साढ़े छह बजे हैं। कुछ देर पहले जो धूप चारों ओर फैली पड़ी थी, अब फीकी पड़कर इमारतों की छतों पर सिमट आई है, मानो निरन्तर समाप्त होते अपने अस्तित्व को बचाए रखने के लिए उसने कसकर कगारों को पकड़ लिया हो।

आग बरसाती हुई हवा धूल और पसीने की बदबू से बहुत बोझिल हो आई है। पाँच बजे तक जितने भी लोग ऑफ़िस की बड़ी-बड़ी इमारतों में बन्द थे, इस समय बरसाती नदी की तरह सड़कों पर फैल गए हैं। रीगल के सामनेवाले फुटपाथ पर चलनेवालों और हॉकर्स का मिला-जुला शोर चारों ओर गूँज रहा है। गजरे बेचनेवालों के पास से गुजरने पर सुगन्ध-भरी तरावट का अहसास होता है, इसीलिए न खरीदने पर भी लोगों को उनके पास खड़ा होना या उनके पास से गुजरना अच्छा लगता है।

टी-हाउस भरा हुआ है। उनका अपना ही शोर काफ़ी है, फिर बाहर का सारा शोर-शराबा बिना किसी रुकावट के खुले दरवाज़ों के भीतर आ रहा है। छतों पर फुल स्पीड में घूमते पंखे भी जैसे आग बरसा रहे हैं। एक क्षण को आँख मूँद लो तो आपको पता ही नहीं लगेगा कि आप टी-हाउस में हैं या फुटपाथ पर। वही गरमी, वही शोर।

गे लॉर्ड भी भरा हुआ है। पुरुष अपने एयर-कंडिशंड चेम्बरों से

थककर और औरतें अपने-अपने घरों से ऊबकर मन बहलाने के लिए यहाँ आ बैठे हैं। यहाँ न गरमी है, न भन्नाता हुआ शोर। चारों ओर हलका शीतल दूधिया आलोक फैल रहा है और विभिन्न सेंटों की मादक कॉकटेल हवा में तैर रही है। टेबलों पर उठते हुए फुसफुसाते-से स्वर संगीत में ही डूब जाते हैं।

गहरा मेकअप किए डायस पर जो लड़की गा रही है, उसने अपनी स्कर्ट की बेल्ट खूब कसकर बाँध रखी है, जिससे उसकी पतली कमर और भी पतली दिखाई दे रही है और उसकी तुलना में छातियों का उभार कुछ और मुखर हो उठा है। एक हाथ से उसने माइक का डंडा पकड़ रखा है और जूते की टो से वह ताल दे रही है। उसके होंठों से लिपिस्टिक भी लिपटी है और मुस्कान भी। गाने के साथ-साथ उसका सारा शरीर एक विशेष अदा के साथ झूम रहा है। पास में दोनों हाथों से झुनझुने-से बजाता जो व्यक्ति सारे शरीर को लचका-लचकाकर ताल दे रहा है, वह नीग्रो है। बीच-बीच में जब वह उसकी ओर देखती है तो आँखें मिलते ही दोनों ऐसे हँस पड़ते हैं मानो दोनों के बीच कहीं 'कुछ' है। पर कुछ दिन पहले जब एक एंग्लो-इंडियन उसके साथ बजाता था, तब भी यह ऐसे ही हँसती थी, तब भी इसकी आँखें ऐसे ही चमकती थीं। इसकी हँसी और इसकी आँखों की चमक का इसके मन के साथ कोई सम्बन्ध नहीं है। वे अलग ही चलती हैं।

डायस की बग़लवाली टेबल पर एक युवक और युवती बैठे हैं। दोनों के सामने पाइन-एप्पल जूस के गिलास रखे हैं। युवती का गिलास आधे से अधिक खाली हो गया है, पर युवक ने शायद एक-दो सिप ही लिए हैं। वह केवल स्ट्रॉ हिला रहा है।

युवती दुबली और गोरी है। उसके बाल कटे हुए हैं। सामने आ जाने पर सिर को झटका देकर वह उन्हें पीछे कर देती है। उसकी कलफ़ लगी साड़ी का पल्ला इतना छोटा है कि कन्धे से मुश्किल से छह इंच नीचे तक आ पाया है। चोलीनुमा ब्लाउज में उसकी पूरी-की- पूरी पीठ दिखाई दे रही है।

"तुम कल बाहर गई थीं?" युवक बहुत ही मुलायम स्वर में पूछता है।

"क्यों?" बाएँ हाथ की लम्बी-लम्बी पतली उँगलियों से ताल देते-देते ही वह पूछती है।

"मैंने फ़ोन किया था।"

"अच्छा? पर किसलिए? आज मिलने की बात तो तय हो ही गई थी।"

"यों ही, तुमसे बात करने का मन हो आया था।" युवक को शायद उम्मीद थी कि उसकी बात की युवती के चेहरे पर कोई सुखद प्रतिक्रिया होगी। पर वह हलके से हँस दी। युवक उत्तर की प्रतीक्षा में उसके चेहरे की ओर देखता रहा, पर युवती का ध्यान शायद इधर-उधर के लोगों में उलझ गया था। इस पर युवक खिन्न हो आया। वह युवती के मुँह से सुनना चाह रहा था कि वह कल विपिन के साथ स्कूटर पर घूम रही थी। इस बात के जवाब में वह क्या-क्या कहेगा—यह सब भी उसने सोच लिया था और कल शाम से लेकर अभी युवती के आने से पहले तक उसको कई बार दोहरा भी लिया था। पर युवती की चुप्पी से सब गड़बड़ा गया। वह अब शायद समझ ही नहीं पा रहा था कि बात कैसे शुरू करे।

"ओ गॉड!" बाल्कनी की ओर देखते हुए युवती के मुँह से निकला—"यह सारी-की-सारी बाल्कनी किसने रिजर्व करवा ली?"

बाल्कनी की रेलिंग पर एक छोटी-सी प्लास्टिक की सफ़ेद तख़्ती लगी थी, जिस पर लाल अक्षरों में लिखा था—'रिजर्व्ड'।

युवक ने सिर नीचे झुकाकर एक सिप लिया—"मैं तुमसे कुछ बात करना चाहता हूँ।" उसकी आवाज़ कुछ भारी हो आई थी, जैसे गला बैठ गया हो।

युवती ने सिप लेकर अपनी आँखें युवक के चेहरे पर टिका दीं। वह हलके-हलके मुस्करा रही थी और युवक को उसकी मुस्कराहट से थोड़ा कष्ट हो रहा था।

"देखो, मैं इस सारी बात में बहुत गम्भीर हूँ।" झिझकते-से स्वर में वह बोला।

"गम्भीर?" युवती खिलखिला पड़ी तो उसके बाल आगे को झूल आए। सिर झटककर उसने उन्हें पीछे किया।

"मैं तो किसी भी चीज़ को बहुत गम्भीरता से लेने में विश्वास ही नहीं करती। ये दिन तो हँसने-खेलने के हैं, हर चीज़ को हलके-फुलके ढंग से लेने के। गम्भीरता तो बुढ़ापे की निशानी है। बूढ़े लोग मच्छरों और मौसम को भी बहुत गम्भीरता से लेते हैं...और मैं अभी बूढ़ी होना नहीं चाहती।" और उसने अपने दोनों कन्धे जोर से उचका दिए। वह फिर गाना सुनने में लग गई। युवक का मन हुआ कि वह उसकी मुलाक़ातों और पुराने पत्रों का हवाला देकर उससे अनेक बातें पूछे, पर बात उसके गले में ही अटककर रह गई और वह खाली-खाली नज़रों से इधर-उधर देखने लगा। उसकी नज़र 'रिज़र्व्ड' की उस तख़्ती पर जा लगी। एकाएक उसे लगने लगा जैसे वह तख़्ती वहाँ से उठकर उन दोनों के बीच आ गई है और प्लास्टिक के लाल अक्षर नियॉन लाइट के अक्षरों की तरह दिप्-दिप् करने लगे हैं।

तभी गाना बन्द हो गया और सारे हॉल में तालियों की गड़गड़ाहट गूँज उठी। गाना बन्द होने के साथ ही लोगों की आवाज़ें धीमी हो गईं, पर हॉल के बीचोबीच एक छोटी टेबल के सामने बैठे एक स्थूलकाय खद्दरधारी व्यक्ति का धाराप्रवाह भाषण का स्वर उसी स्तर पर ज़ारी रहा। सामने पतलून और बुश-शर्ट पहने एक दुबला-पतला-सा व्यक्ति उनकी बातों को बड़े ध्यान से सुन रहा है। उनके बोलने से थोड़ा-थोड़ा थूक उछल रहा है जिसे सामनेवाला व्यक्ति ऐसे पोंछता है कि उन्हें मालूम न हो। पर उनके पास शायद इन छोटी-मोटी बातों पर ध्यान देने लायक समय ही नहीं है। वे मूड में आए हुए हैं—"गाँधीजी की पुकार पर कौन व्यक्ति अपने को रोक सकता था भला? क्या दिन थे वे भी! मैंने बिज़नेस की तो ऐसी-की-तैसी की और देश-सेवा के काम में जुट गया। फिर तो सारी ज़िन्दगी पॉलिटिकल-सफ़र की तरह ही गुजार दी।"

सामनेवाला व्यक्ति चेहरे पर श्रद्धा के भाव लाने का भरसक प्रयत्न करने लगा। "देश आजाद हुआ तो लगा कि असली काम तो अब करना है। सब लोग पीछे पड़े कि मैं खड़ा होऊँ, मिनिस्ट्री पक्की है, पर नहीं साहब, यह काम अब अपने बस का नहीं रहा। जेल के जीवन ने काया को जर्जर कर दिया, फिर यह भी लगा कि नव-निर्माण में नया खून ही आना चाहिए, सो बहुत पीछे पड़े तो बेटों को झोंका इस चक्कर में। उन्हें समझाया, ज़िन्दगी-भर के हमारे त्याग और परिश्रम का फल है यह आज़ादी, तुम लोग अब इसकी लाज रखो, बिज़नेस हम सँभालते हैं।"

युवक शब्दों को ठेलता-सा बोला—"आपकी देश-भक्ति को कौन नहीं जानता?"

वे सन्तोष की एक डकार लेते हैं और जेब से रूमाल निकालकर अपना मुँह और मूँछों को साफ़ करते हैं। रूमाल वापस जेब में रखते हैं और पहलू बदलकर दूसरी जेब से चाँदी की डिबिया निकालकर पहले ख़ुद पान खाते हैं, फिर सामनेवाले व्यक्ति की ओर बढ़ा देते हैं।

"जी नहीं, मैं पान नहीं खाता।" कृतज्ञता के साथ ही उसके चेहरे पर बेचैनी का भाव उभर जाता है।

"एक यही लत है जो छूटती नहीं।" पान की डिबिया को वापस जेब में रखते हुए वे कहते हैं, "इंग्लैंड गया तो हर सप्ताह हवाई जहाज से पानों की गड्डी आती थी।"

जब मन की बेचैनी केवल चेहरे से नहीं सँभलती तो वह धीरे-धीरे हाथ रगड़ने लगता है।

पान को मुँह में एक ओर ठेलकर वे थोड़ा-सा हकलाते हुए कहते हैं, "अब आज की ही मिसाल लो। हमारे वर्ग का एक भी आदमी गिना दो जो अपने यहाँ के कर्मचारी की शिकायत इस प्रकार सुनता हो? पर जैसे ही तुम्हारा केस मेरे सामने आया, मैंने तुम्हें बुलाया, यहाँ बुलाया।"

"जी हाँ।" उसके चेहरे पर कृतज्ञता का भाव और अधिक मुखर हो जाता है। वह अपनी बात शुरू करने के लिए शब्द ढूँढ़ने लगता है।

उसने बहुत विस्तार से बात करने की योजना बनाई थी, पर अब सारी बात को संक्षेप में कह देना चाहता है।

"सुना है, तुम कुछ लिखते-लिखाते भी हो?"

एकाएक हॉल में फिर संगीत गूँज उठता है। वे अपनी आवाज़ को थोड़ा और ऊँचा करते हैं। युवक का उत्सुक चेहरा थोड़ा और आगे को झुक आता है।

"तुम चाहो तो हमारी इस मुलाक़ात पर एक लेख लिख सकते हो। मेरा मतलब...लोगों को ऐसी बातों से नसीहत और प्रेरणा लेनी चाहिए... यानी..." पान शायद उन्हें वाक्य पूरा नहीं करने देता।

तभी बीच की टेबल पर 'आई...उई...' का शोर होता है और सबका ध्यान अनायास ही उधर चला जाता है। बहुत देर से ही वह टेबल लोगों का ध्यान अपनी ओर खींच रही थी। किसी के हाथ से कॉफ़ी का प्याला गिर पड़ा है। बैरा झाड़न लेकर दौड़ पड़ा और असिस्टेंट मैंनेजर भी आ गया। दो लड़कियाँ खड़ी होकर अपने कुर्तों को रूमाल से पोंछ रही हैं। बाकी लड़कियाँ हँस रही हैं। सभी लड़कियों ने चूड़ीदार पाजामे और ढीले-ढाले कुर्ते पहन रखे हैं। केवल एक लड़की साड़ी में है और उसने ऊँचा-सा जूड़ा बना रखा है, बातचीत और हाव-भाव से वे सब 'मिरेंडियंस' लग रही हैं। मेज़ साफ़ होते ही खड़ी लड़कियाँ बैठ जाती हैं और उनकी बातों का टूटा क्रम चल पड़ता है।

"पापा को इस बार हार्ट-अटैक हुआ है सो छुट्टियों में कहीं बाहर तो जा नहीं सकेंगे। हमने तो सारी छुट्टियाँ यहीं बोर होना है। मैं और ममी सप्ताह में एक पिक्चर तो देखते ही हैं, इट्स ए मस्ट फ़ॉर अस। छुट्टियों में तो हमने दो देखनी हैं।"

"हमारी किटी ने बड़े स्वीट पप्स दिए हैं। डैडी इस बार उसे 'मीट' करवाने मुम्बई ले गए थे। किसी प्रिन्स का अल्सेशियन था। ममी बहुत बिगड़ी थीं। उन्हें तो दुनिया में सबकुछ वेस्ट करना ही लगता है। पर

डैडी ने मेरी बात रख ली एंड इट पेड अस ऑलसो। रीयली पप्स बहुत स्वीट हैं।''

''इस बार ममी ने, पता है, क्या कहा है? छुट्टियों में किचन का काम सीखो। मुझे तो बाबा, किचन के नाम से ही एलर्जी है! मैं तो इस बार मोराविया पढ़ूँगी! हिन्दीवाली मिस ने हिन्दी नॉवेल्स की एक लिस्ट पकड़ाई है। पता नहीं, हिन्दी के नॉवेल्स तो पढ़े ही नहीं जाते!'' वह जोर से कन्धे उचका देती।

तभी बाहर का दरवाज़ा खुलता है और चुस्त-दुरुस्त शरीर और रोबदार चेहरा लिए एक व्यक्ति भीतर आता है। भीतर का दरवाज़ा खुलता है तब तक बाहर का दरवाज़ा बन्द हो चुका होता है, इसलिए बाहर के शोर और गरम हवा का लवलेश भी भीतर नहीं आ पाता।

सीढ़ियों के पासवाले कोने की छोटी-सी टेबल पर दीवाल से पीठ सटाए एक महिला बड़ी देर से बैठी है। ढलती उम्र के प्रभाव को भरसक मेक-अप से दबा रखा है। उसके सामने कॉफ़ी का प्याला रखा है और वह बेमतलब थोड़ी-थोड़ी देर के लिए सब टेबलों की ओर देख लेती है। आनेवाले व्यक्ति को देखकर उसके ऊब-भरे चेहरे पर हलकी-सी चमक आ जाती है और वह उस व्यक्ति के अपनी ओर मुख़ातिब होने की प्रतीक्षा करती है। खाली जगह देखने के लिए वह व्यक्ति चारों ओर नज़र दौड़ा रहा है। महिला को देखते ही उसकी आँखों में परिचय का भाव उभरता है और महिला के हाथ हिलाते ही वह उधर ही बढ़ जाता है।

''हल्लोऽऽ! आज बहुत दिनों बाद दिखाई दीं मिसेज़ रावत!'' फिर कुर्सी पर बैठने से पहले पूछता है, ''आप यहाँ किसी के लिए वेट तो नहीं कर रही हैं?''

''नहीं जी, घर में बैठे-बैठे या पढ़ते-पढ़ते जब तबीयत ऊब जाती है तो यहाँ आ बैठती हूँ। दो कप कॉफ़ी के बहाने घंटा-डेढ़ घंटा मजे से कट जाता है। कोई जान-पहचान का फुर्सत में मिल जाए तो लम्बी ड्राइव पर ले जाती हूँ। आपने तो किसी को टाइम नहीं दे रखा है न?''

"नो...नो...बाहर ऐसी भयंकर गरमी है कि बस। एकदम आग बरस रही है। सोचा, यहाँ बैठकर एक कोल्ड कॉफ़ी ही पी ली जाए।" बैठते हुए उसने कहा।

जवाब से कुछ आश्वस्त हो मिसेज़ रावत ने बैरे को कोल्ड कॉफ़ी का ऑर्डर दिया–"और बताइए, मिसेज़ आहूजा कब लौटनेवाली हैं? साल-भर तो हो गया न उन्हें?"

"गॉड नोज़," वह कन्धे उचका देता है और फिर पाइप सुलगाने लगता है। एक कश खींचकर टुकड़ों-टुकड़ों में धुआँ उड़ाकर पूछता है, "छुट्टियों में इस बार आपने कहाँ जाने का प्रोग्राम बनाया है?"

"जहाँ का भी मूड आ जाए चल देंगे। बस इतना तय है कि दिल्ली में नहीं रहेंगे। गर्मियों में तो यहाँ रहना असम्भव है। अभी यहाँ से निकलकर गाड़ी में बैठेंगे तब तक शरीर झुलस जाएगा! सड़कें तो जैसे भट्टी हो रही हैं।"

गाने का स्वर डायस से उठकर फिर सारे हॉल में तैर गया, 'ऑन संडे आइ एम हैप्पी...'

"नॉन सेंस! मेरा तो संडे ही सबसे बोर दिन होता है!"

तभी संगीत की स्वर-लहरियों के साए में फैले हुए भिनभिनाते-से शोर को चीरता हुआ एक असंयत-सा कोलाहल सारे हॉल में फैल जाता है। सबकी नज़रें दरवाज़ें की ओर उठ जाती हैं। विचित्र दृश्य है। बाहर और भीतर के दरवाज़े एक साथ खुले हुए हैं और नन्हे-मुन्ने बच्चों के दो-दो, चार-चार के झुंड हल्ला-गुल्ला करते भीतर घुस रहे हैं। सड़क का एक टुकड़ा दिखाई दे रहा है, जिस पर एक स्टेशन-बैगन खड़ी है, आसपास कुछ दर्शक खड़े हैं और उसमें से बच्चे उछल-उछलकर भीतर दाखिल हो रहे हैं–'बॉबी, इधर आ जा!'–'निद्धू, मेरा डिब्बा लेते आना...!' बच्चों के इस शोर के साथ-साथ बाहर की गरम हवा, बाहर का शोर भी भीतर आ रहा है। बच्चे टेबलों से टकराते, एक-दूसरे को धकेलते

हुए सीढ़ियों पर जाते हैं। लकड़ी की सीढ़ियाँ कार्पेट बिछा होने के बावजूद धम्-धम् करके बज उठी हैं।

हॉल की संयत शिष्टता एक झटके के साथ बिखर जाती है। लड़की गाना बन्द करके मुग्ध भाव से बच्चों को देखने लगती है। सबकी बातों पर विराम-चिन्ह लग जाता है और चेहरों पर एक विस्मयपूर्ण कौतुक फैल जाता है।

कुछ बच्चे बाल्कनी की रेलिंग पर झूलते हुए-से हॉल में गुब्बारे उछाल रहे हैं। कुछ गुब्बारे कार्पेट पर आ गिरे हैं, कुछ कन्धों और सिरों से टकराते हुए टेबलों पर लुढ़क रहे हैं तो कुछ बच्चों की किलकारियों के साथ-साथ हवा में तैर रहे हैं...नीले, पीले, हरे, गुलाबी...

कुछ बच्चे ऊपर उछल-उछलकर कोई नर्सरी राइम गाने लगते हैं तो लकड़ी का फर्श धम्-धम् बज उठता है।

हॉल में चलती फ़िल्म जैसे अचानक टूट गई है!

छत बनानेवाले

दरवाज़े के बाईं ओर की दीवार पर लगी नेमप्लेट को दो बार अच्छी तरह पढ़ने के बाद बड़े झिझकते-से हाथों से शरद ने कुंडी खटखटाई।

"कौऽऽन?" एक दहाड़ता-सा स्वर दरवाज़े से टकराकर बिखर गया। शरद की समझ में नहीं आया कि वह क्या कहे। एक बार तो मन हुआ कि चुपचाप चल दे और होटल में टिक जाए पर रिक्शा जा चुका था। तभी भीतर से खड़ाऊँ की खटपट-खटपट क़रीब आती लगी और भड़ाक् से दरवाजा खुला।

धोती को तहमद की तरह लपेटे, बनियान पहने, ललाट पर लम्बा-सा तिलक लगाए जो व्यक्ति सामने दिखाई दिया, वही ठाकुर ताऊजी हैं, यह समझते शरद को देर नहीं लगी। उनके चेहरे पर फैला प्रश्नवाचक भाव और अधिक गहरा होता, उसके पहले ही शरद ने बड़ी नम्रता से हाथ जोड़कर कहा, "नमस्ते ताऊजी।"

क्षणांश के लिए घनी भौंहों के नीचे आँखों के कटोरे कुछ सिकुड़े, ललाट की तीन सलवटें कुछ और अधिक उभर आईं। सामने रखे सामान की ओर उड़ती-सी नज़र डालकर उन्होंने फिर शरद के चेहरे की ओर देखा और अनुमान लगाते-से स्वर में बोले, "कौऽन, तुम पन्ना हो क्या?"

बहुत दिनों बाद अपने बचपन का नाम सुनकर शरद को हँसी आ गई। मुस्कराता-सा बोला, "जी हाँ।" और इसके साथ ही सामनेवाले

व्यक्ति का तिलक फैल गया, चेहरे के सारे तनाव ढीले पड़ गए और शरद ने अपनी पीठ पर एक स्नेहिल स्पर्श महसूस किया, "कमाल है भाई। कोई ख़बर नहीं, सूचना नहीं। मैं ताँगा भेज देता लेने के लिये। आओ...आओ..."

शरद ने अपना सूटकेस और बैग उठाते हुए कहा, "मैंने सोचा, घर तो ढूँढ़ ही लूँगा, सवेरे-सवेरे बेकार ही तकलीफ़ होगी।"

"वाह, इसमें तकलीफ़ की क्या बात है भला।" फिर शरद को सामान उठाए देखकर कुछ परेशान से बोले, "अरे, अरे सामान यहीं रख दो, अभी तुम्हारा कमरा ठीक हो जाएगा तो वहीं पहुँच जाएगा।" और फिर ज़रा व्यस्त भाव से भीतर की ओर झाँककर बोले, "सुनती हो मोटू की माँ, देखो तो कौन आया है?"

मोटू की माँ ने सुना या नहीं, इसकी तनिक भी चिन्ता किए बिना शरद की पीठ पर हाथ रखकर वे उसे भीतर ले गए। शरद को पिताजी की बात याद आई, 'आदर्श परिवार किसी को देखना हो तो ठाकुर साहब का देखो। क्या डिसिप्लिन है, क्या बच्चे हैं!' और शरद ने एक उड़ती-सी नज़र कमरे पर डाली।

"बैठो" और ताऊजी खिड़कियाँ खोलने लगे। "रामेश्वर मज़े में हैं, तुम्हारी अम्मा, बाल-बच्चे?" शरद "जी, जी" करता रहा। यह शायद घर की बैठक है, शरद ने अनुमान लगाया। दो तख़्त जोड़कर मोटा-सा गद्दा बिछा रखा था, जिस पर हलकी-सी मैली हो आई चद्दर बिछी थी। तीन तरफ़ गोल तकिए पड़े थे। दीवारों पर सुनहरी फ्रेम में मढ़ी कुछ तसवीरें लगी थीं—गोपियों के साथ होली खेलते हुए कृष्ण, शिव-पार्वती। एक कैलेंडर लटका था जिस पर कल की तारीख़ लगी हुई थी। दीवारों पर दो तरफ़ सिन्दूर से स्वास्तिक चिन्ह बने थे। सामने की दीवार के बीचोबीच दीवाल-घड़ी टँगी हुई थी। तख़्त से कुछ हटकर दोनों ओर की दीवारों के सामने दो-दो टीन की कुर्सियाँ रखी थीं, जिन पर रंग-बिरंगी फूल-कढ़ी सफ़ेद गद्दियाँ बिछी थीं।

"तुम आए बड़ी खुशी हुई। पर आने से पहले तुम्हें ख़बर करनी

चाहिए थी।'' शरद को कुर्सी पर बिठाकर स्वयं तख्त पर बैठते हुए उन्होंने कहा, ''वैसे कोई एक महीना पहले रामेश्वर ने लिखा था कि पन्ना एक सप्ताह के लिए यहाँ आकर रहना चाहता है, सो यदि घर में दिक्कत हो तो किसी होटल-वोटल में इन्तजाम करवा दीजिए।''

''जी वो...'' शरद कुछ कहने ही जा रहा था कि बीच में ही वे दहाड़ उठे, ''जी क्या? घर होते हुए तुम होटल में ठहरोगे? होटल भी कोई भले आदमियों के ठहरने की जगह होती है? रामेश्वर बड़ा शहरी हो गया है, अपनापन अब उसमें रहा ही नहीं। वरना जब यहाँ था तो घरों के बीच में ज़रूर दीवार थी, पर हम लोगें के मन एक थे। तुम्हें तो क्या याद होगी उन दिनों की? मुश्किल से नौ बरस के रहे होओगे।'' और जैसे उनकी आँखों के आगे वे ही दिन उभर आए। ''छोटू-मोटू, पन्ना-मोती, दशरथ के चारों बेटों की तरह रहते थे।'' उनके चेहरे पर ममतामय उल्लास चमकने लगा। शरद, मोटू-छोटू के बारे में पूछने ही जा रहा था कि तभी ठोड़ी तक घूँघट निकाले एक महिला दरवाज़े पर आकर ठिठक गई; इस दुविधा में कि भीतर घुसे या नहीं।

''आओ...आओ...देखो, पहचानती हो इन्हें?''

शरद ने हाथ जोड़कर उठते हुए बड़ी नम्रता से कहा, ''नमस्ते ताईजी।''

पर इस सम्बोधन से भी वे शायद पहचान नहीं पाईं, सो ज्यों-की-त्यों खड़ी रहीं।

''अरे पन्ना है, पन्ना। नहीं पहचान सकीं न? अपने रामेश्वर का बड़ा बेटा।'' और ताऊजी 'हो-हो' करके हँस पड़े।

''ओह, पन्ना है! ख़बर नहीं दी भैया? कोई लिवाने चला जाता।'' और भीतर आकर ताईजी ने शरद की पीठ पर हाथ फेरा। ताऊजी के मुकाबले में ताईजी की आवाज़ बड़ी धीमी और मुलायम लगी।

''नहीं, कोई जाता तो तकलीफ़ होती। ये शहरी लोग हैं, आराम-तलब। इन्हें हर बात में तकलीफ़ दिखाई देती है।'' स्नेह ने व्यंग्य के

पैने किनारे को इतना मुलायम बना दिया था कि बात मन में कहीं चुभी नहीं।

"रामेश्वर लाला अच्छे हैं? अम्मा, मोती, हीरा..."

"अब तो आप घूँघट खोल दीजिए, ताईजी।" शरद को इस घूँघट से बड़ी उलझन हो रही थी।

"भई, मेरठ छोटा-सा शहर है, यहाँ बड़े शहरों जैसी बेशर्मी तो चलती नहीं। फिर हमारे घर की तो..."

"पर मैं तो मोटू-छोटू की तरह हूँ, ताऊजी।"

"नहीं...नहीं..." ताऊजी नकारात्मक भाव से सिर हिलाते हुए बोले, "अपना जाया बेटा भी जब जवान हो जाता है तो...नहीं, नहीं, यह सब मुझे पसन्द ही नहीं।" शरद को बड़ा अजीब-सा लगा। फिर एकाएक प्रसंग बदलकर वे ताईजी से बोले, "अब तुम कुछ दूध-लस्सी का सिलसिला तो बिठाओ। और हाँ सुनो, छोटी-बड़ी बहू को कहो कि पन्ना के लिए ऊपर का कमरा तैयार कर दें।" शरद ने आवाज़ की बुलन्दी और रोब को भीतर तक महसूस किया और उसे लगा कि ताऊजी केवल हुक्म ही दे सकते हैं। कभी इन्हें किसी के सामने याचना करनी पड़े तो? उस समय कैसा रहेगा इनका स्वर?

ताईजी लौट गईं। "मोटू-छोटू कहाँ हैं?" शरद को खुद आश्चर्य हुआ कि जिस बात को वह सबसे पहले पूछना चाहता था उसे इतनी देर तक कैसे टालता रहा। इस घर में आने का सबसे बड़ा आकर्षण तो उसके हम-उम्र मोटू-छोटू ही थे। बचपन की स्मृतियों को सजीव करने में उसे सबसे ज़्यादा मदद तो उन्हीं से मिलेगी।

"वे दोनों मन्दिर गए हैं।"

"मन्दिर?"

"हाँ, यहाँ पास ही है।" शरद के स्वर में लिपटा आश्चर्य का भाव वे शायद पकड़ नहीं पाए। उसी सहज भाव से बोले, "शाम को आरती के समय चाहो तो तुम भी चले जाना। बस आते ही होंगे, इतने में तुम भी नहा-धोकर निपट लो।"

शरद का मन हो रहा था कि किसी तरह एक प्याला चाय मिल जाए तो हिले-डुले। पर दूध-लस्सी की बात सुनने के बाद उससे कुछ भी कहा नहीं गया।

वह उठा और बरामदे में रखे अपने बैग में से तौलिया, ब्रुश आदि निकाला और सूटकेस में से एक जोड़ी कपड़े। "वह नल है, वहाँ दातुन कर लेना; उधर ही पखाना और ग़ुसलखाना है।" इशारे से बताकर ताऊजी फिर बैठक में चले गए। शरद कन्धे पर तौलिया लटकाए, मुँह में पेस्ट लगा ब्रुश दबाए, दो मिनट यों ही निरुद्देश्य-सा देखता रहा। आँगन के बीचोबीच पक्का चबूतरा बना हुआ है; जिसके ऊपर बने सीमेंट के गमले में तुलसी खूब फूल रही है। गमले के चौड़े से किनारे पर एक बुझा हुआ दीपक रखा है। आँगन के चारों ओर क़रीब पाँच-छः फुट चौड़ा बरामदा-सा बना हुआ है और फिर कमरे।

तभी पायल की झनक से उसका ध्यान टूटा। गुलाबी-पीली साड़ियों में लिपटी, अपने को भरसक समेटती-सी, लम्बा-लम्बा घूँघट काढ़े दो महिलाएँ हाथ में झाड़ू, दरी, सुराही आदि लिए बैठक के ठीक सामने की ओर बने जीने में घुस गईं। 'ये छोटू-मोटू की बहुएँ होंगी' शरद ने अनुमान लगाया और एकाएक उसके सामने कुन्तल का चेहरा घूम गया। बिना बाँहों का ब्लाउज पहने और ऊँचा जूड़ा बाँधे। जाने क्यों उसे भीतर-ही-भीतर हँसी आ गई।

वह ग़ुसलखाने में नहा रहा था कि उसे बाहर आँगन में तीन-चार लोगों के पदचाप सुनाई दिए और फिर ताऊजी का स्वर, "अरे मोटू-छोटू, पन्ना आए हैं लखनऊ से। अभी नहा रहे हैं।" स्वर में उल्लास छलका पड़ रहा था।

"अरे, हमारा बेटा चरणामृत लाया है...लाओ, लाओ...इत्ता बड़ा हो।" ताऊजी शायद किसी बच्चे से कह रहे थे।

एकाएक शरद के मन में मोटू-छोटू को देखने का कौतूहल जाग उठा। उसने जल्दी-जल्दी बदन पोंछकर कपड़े पहने और निकला तो—"अरे पन्ना भैया" और लपककर दोनों ने शरद के पैर छुए। पास खड़े

ताऊजी मुग्ध भाव से भरत-मिलाप का यह दृश्य देखते रहे पर शरद बेहद संकुचित हो उठा। उसे ध्यान आया, उसने तो ताऊजी, ताईजी तक के पैर नहीं छुए। "ये लल्ला हैं, मोटू के बेटे और ये मुन्ना हैं, छोटू के बेटे। पैर छुओ तो बेटा, ताऊजी के।" और ताऊजी ने हलके-से बच्चों को शरद की ओर धकेल-सा दिया।

मोटू-छोटू डील-डौल में शायद उससे इक्कीस ही थे। चौड़े ललाट पर चन्दन का टीका; दोनों के हाथ की कलाइयों में कलावा बँधा हुआ था। छोटू के गले में काली डोरी में बँधा ताबीज जैसा कुछ लटक रहा था। शरद उन्हें कुछ इस भाव से देखता रहा, मानो पहचानने की कोशिश कर रहा हो।

"आपने आने की कोई ख़बर नहीं दी भैया, वरना हम ताँगा लेकर स्टेशन आ जाते।"

तीसरी बार भी यही बात सुनकर शरद को लगने लगा जैसे ख़बर न देकर सचमुच ही उसने कोई अपराध कर दिया हो।

दूध और लस्सी के गिलास क्रोशिए से बने जालीदार मेज़पोश से ढकी एक छोटी-सी टेबिल के चारों और रखे थे और बीच में एक प्लेटनुमा थाली में मठरी और बेसन के लड्डू।

"तुम दूध लोगे या लस्सी? हमारे यहाँ इस मामले में छोटे-से लेकर बड़े तक सब मन के मालिक हैं। किसी को दूध चाहिए तो किसी को दूध की लस्सी; कोई दही की लस्सी के सिवाए कुछ छूता ही नहीं। सबकी फ़रमाइश पूरी करती हैं तुम्हारी ताईजी।" अपने घर की सारी व्यवस्था को लेकर ताऊजी कुछ अतिरिक्त उत्साह में आए हुए थे।

'मन के मालिक' होने का सहारा पाकर शरद ने झिझकते-से स्वर में कहा, "यदि दिक़्क़त न हो तो मैं चाय लेना..."

"ऐसी गर्मी में चाय?" ताऊजी ने बीच में ही बात काट दी।

"दिक़्क़त की तो कोई बात नहीं, पर यह भी कोई चाय का मौसम है भला?"

"चाय तो शरीर को झुलसा देती है भैया।" छोटू बोला।

"हलके क़िस्म का नशा ही है, लत लग गई है तो फिर सर्दी-गर्मी क्या?" यह मोटू का फ़तवा था। ताऊजी ने दोनों की बात का समर्थन करते हुए प्रसन्न मुद्रा में सिर हिलाया और फिर फ़ैसला सुनाने के ढंग से कहा, "इनके लिए गरम-गरम दूध लाओ जी। यहाँ पानी मिला बाज़ार का दूध नहीं है, घर की भैंस का दूध है। चाय पिलाकर तुम्हारी सेहत बिगाड़नी है?" और उन्होंने तृप्तियुक्त आनन्द से मोटू-छोटू के भरे-पूरे शरीरों को देखा।

शरद के भीतर कुछ उमड़ा जिसे उसने भीतर ही दबा लिया।

"क्यों भैया, आप यहाँ क्या ऑफ़िस के काम से आए हैं?"

"ऑफ़िस? ऑफ़िस तो मेरा कोई है नहीं।" ताईजी ने दूध का गिलास शरद के हाथ में पकड़ा दिया था, उसकी ओर घूमते हुए उसने कहा और उसे लगा कि अब वही प्रसंग आनेवाला है जिससे वह ऐसे काम-काजी लोगों के बीच बचना चाहता है। वह मन-ही-मन अपने को साधने लगा। "आप शायद अपना ही कोई धन्धा करते हैं।" हथेली से दूध की सनी मूँछों को साफ़ करते हुए छोटू ने जिज्ञासा प्रकट की।

शरद की समझ में ही नहीं आया कि वह क्या कहे। गोद में बैठे अपने दो-तीन साल के पोते के मुँह में मठरी का चूरा देते हुए ताऊजी ने पूछा, "तुम आजकल वैसे कर क्या रहे हो?"

दूध का घूँट जैसे-तैसे सटककर आखिर उसने कह ही डाला, "जी बस, यों ही कुछ लिखने-विखने का शौक है।"

"सो तो तुम्हारा शौक हुआ। मैं शौक की बात नहीं, काम की बात पूछ रहा हूँ।" दोनों हथेलियों को आपस में फट-फट करके आपस में रगड़ते हुए उन्होंने मठरी का चिपका हुआ चूरा साफ़ किया। जाने क्यों शरद को लगा कि उसके कुछ कहने के साथ ही ये हथेलियाँ इसी तरह उसकी पींठ फटकारने लगेंगी। कुछ भिनभिनाते से स्वर में बोला, "बस, अपना तो काम भी यही है।"

"पर आमदनी का भी तो कोई जरिया होगा या नहीं?" ताऊजी

के चेहरे पर असन्तोष का भाव बढ़ता ही जा रहा था। इतनी देर तक शरद अपने लेखक को भीतर-ही-भीतर दबाए स्वयं बोल रहा था, अब जैसे एकाएक उसका लेखक उभर आया। सारा संकोच और दुविधा एक किनारे रखकर वह कुछ ढिठाई के-से स्वर में बोला, "बहुत पैसा कमाने की या जोड़ने की अपनी कोई इच्छा नहीं है, गुजारे लायक इसी से हो जाता है।" और उसने पैर थोड़े सामने को फैलाकर पीठ कुर्सी पर टिका दी। मानो पूरी तरह मोर्चे पर जम गया हो कि लो बोलो, क्या कर लोगे मेरा!

पर शायद ताऊजी पर शरद के इस लहज़े का कोई खास प्रभाव नहीं पड़ा। तैश में बोले, "नो-नो..., यह भी कोई बात हुई भला? रामेश्वर ने हाड़ पेल-पेलकर तुम्हें एम.ए. करवाया, अब उनके बुढ़ापे में तुम अपना शौक लेकर बैठ जाओ।" फिर स्वर को ज़रा मुलायम बनाकर बोले, "देखो बेटा, बुरा मत मानना पर तुम्हारे सोचने का यह तरीक़ा ही ग़लत है।"

"हाँ भैया, देखिए न, आदमी होकर बस अपना पेट भरने का जुगाड़ कर लिया...यह तो कोई बात नहीं हुई न?" और समर्थन पाने के लिए मोटू ने ताऊजी की ओर देखा। समर्थन में छोटू का सिर धीरे-धीरे हिल रहा था। खिन्न स्वर में ताऊजी ने कहा, "कुछ समझ में ही नहीं आता...लगता है, रामेश्वर ने जैसे अपने घर का सारा सिलसिला ही बिगाड़ लिया। अब यहाँ होते तो..."

कोई और समय होता तो पता नहीं शरद क्या कर बैठता। कम-से-कम अपना सामान लेकर चल तो पड़ता ही। पर इस समय वह केवल मन्द-मन्द मुस्कराता रहा। मुग्ध भाव से सुनने और दाद देने का पार्ट अदा करते हुए मोटू-छोटू और वक्ता ताऊजी...उसके मन में एक विस्मयपूर्ण कौतुक के अतिरिक्त और कोई भाव नहीं आ रहा था।

तभी घड़ी ने टन-टन करके आठ बजाए। घंटों की आवाज़ से ही ताऊजी कुछ याद करते से बोले, "ओ होऽऽ—मैं तो भूल ही गया। चौधरी साहब के यहाँ आज साढ़े आठ बजे लगन चढ़नेवाला है। मोटू,

तुम जल्दी से तैयार होकर चले जाओ। दो रुपए देते आना...और देखो, लिखवा ज़रूर देना।''

मोटू चला गया तो ताऊजी ने ज़रा-सा तिरछे खड़े होकर तहमद खोली और क़ायदे से धोती पहन ली और बाहर की ओर मुँह करके बोले, ''ये बर्तन ले जाना यहाँ से।'' फिर छोटू की ओर देखकर बोले, ''लिखने-लिखाने का शौक हमारे इन छोटू साहब को भी चर्राया था एक ज़माने में। अरे, ये जब पेट में थे तो तुम्हारी ताईजी तुम्हें बहुत खिलाया करती थीं, सो तुम्हारी ही छाया पड़ गई होगी।'' और फिर अपनी ही बात पर हो-हो करके हँस पड़े। ''सो भैया, हमने तो शुरू में ही ठीक कर दिया। क्यों छोटू, याद है न?''

छोटू कुछ ऐसे झेंपा मानो सबके सामने उसकी पोल खोल दी हो। धरती में नज़र गड़ाए धीरे से बोला, ''वह तो बचपने की बातें थीं।''

''हाँऽऽ, अब तो बचपने की बातें लगती ही हैं। पर उस समय...''

''पिताजी, ऊपर का कमरा ठीक कर दिया।'' एक तेरह-चौदह साल की लड़की साड़ी पहने, गठरी-सी बनी दरवाज़े पर आकर खड़ी हो गई। ताऊजी ने उसे बिना भीतर बुलाए ही कहा, ''पन्ना, ये बिट्टी हैं, तुम्हारी सबसे छोटी बहन। पिछले साल आठवाँ दर्जा पास किया था, अब घर का कामकाज सीख रही है। अगले साल तक या हो सका तो आती सर्दियों में ब्याह कर देंगे।''

बिट्टी इस प्रसंग पर सुर्ख होती हुई भाग गई। ''छोटू, पन्ना को कमरे में पहुँचा दो, और देख लो इन्हें किसी चीज़ की ज़रूरत तो नहीं है।'' फिर उससे बोले, ''देखो बेटा, यहाँ संकोच करने की ज़रूरत नहीं है! यह तुम्हारा अपना ही घर है। और देखो, हमारी किसी बात का बुरा मत मानना। क्या करें, तुम लोगों को पराया नहीं समझ पाते सो जो कुछ बुरा लगता है, कह देते हैं।''

''नहीं...नहीं...'' शरद ने उठते हुए कहा।

सीढ़ियाँ चढ़ते हुए उसने सुना, ''छोटू, लौटकर तुम हिसाब तैयार कर लेना।'' आदेश देते हुए ताऊजी का स्वर मिलिट्री के अफ़सर जैसा

लगता है, कमांड करता हुआ। ऊपर पहुँचकर शरद ने देखा, बड़ी-सी खुली छत है, जिसके एक ओर एक कमरा बना हुआ है और दूसरी ओर टीन के शेड के नीचे सीमेंट की बोरियाँ चिनकर रखी हुई हैं।

"सीमेंट का भी कोई कारबार है क्या?" शरद ने पूछा तो छोटू झेंपता-सा बोला, "नहीं-नहीं।" ऊपर की मंजिल बनवानी है, इसी सप्ताह काम शुरू करवाना है। सीमेंट की तो ऐसी दिक्कत है कि बस। बड़ी मुश्किल से भाग-दौड़ करके इकट्ठी की है।"

शरद उसे ग़ौर से देख रहा था। कैसी गम्भीरता और ज़िम्मेदारी से बात करता है। उसकी पीठ पर धप् मारकर हँसते हुए बोला, "यार छोटू, तुम तो अभी से अच्छे-खासे बुजुर्ग बन गए।"

छोटू झेंप गया।

"और यार, कुछ अपने हालचाल सुनाओ। तुम तो लड़कियों की तरह झेंप रहे हो।"

"नहीं तो। बस सब ठीक चल रहा है।" फिर सीधे शरद की ओर देखकर बोला, "शाम को दुकान की तरफ़ आइए न!"

"किसकी दुकान है?"

"प्रोविज़न और जनरल स्टोर है। यहाँ का तो सबसे बड़ा स्टोर है।" शरद को लगा जैसे वह अपना स्टोर दिखाने के लिए बहुत उत्सुक है। शायद चाहता है कि शरद देख ले कि...

"अच्छा चलूँ? आप देख लीजिए सब ठीक तो है न?"

"सब ठीक है यार, तुम बैठो न थोड़ी देर। तुमसे तो बहुत-सी बातें करनी हैं।" लापरवाही से शरद बोला।

"ज़रा हिसाब ठीक करना था। आप तो अभी यहाँ हैं ही, खूब बातें करेंगे।" छोटू उठ खड़ा हुआ। शरद लौटते हुए छोटू को कुछ इस भाव से देखता रहा मानो उसे पहचानने की कोशिश कर रहा हो। फिर उसने अपना कमरा देखा। एक खाट पर बिस्तर लगा था, जिस पर साफ़ कढ़ी हुई चादर बिछी हुई थी। एक कोने में छोटी-सी टेबल और टीन की कुर्सी। सच, इस तरह की कुर्सियों को तो वह भूल ही चुका था।

खिड़की पर सुराही रखी थी, पास में गिलास। नीचे दरी बिछी थी। दीवार के सहारे उसका सामान रखा था। ओह, उसे ख़याल ही नहीं रहा, इसे कौन उठाकर लाया होगा? मोटू-छोटू की बहुएँ। अपनी लापरवाही पर उसे क्षोभ हुआ।

उठकर उसने दरवाज़े पर लगी चिक को गिरा लिया। कमरे में हलका-सा अँधेरा हो गया। जब पूरी तरह आश्वस्त हो गया कि वह अकेला है तो बैग में से निकालकर उसने सिगरेट सुलगाई। चाय न मिली तो यही सही और इतमीनान से धुआँ छोड़ते हुए वह मन-ही-मन मुस्कराया।

कभी कुन्तल यहाँ आए तो? वह तो ताऊजी को देखकर सीधे ही कह बैठे, ''बुढ़ऊ क्रैक है।'' उसके होंठ और फैल गए। आज रात को कुन्तल को पत्र लिखेगा।

शाम को निकला शरद घर लौटा तो रात के नौ बजे थे। सारे समय वह उन स्थानों पर घूमता रहा जहाँ उसने बचपन के दिन बिताए थे, और जिनकी उजली-धुँधली अनेक स्मृतियाँ उसके मन में लिपटी थीं। छोटे रास्ते से जाने पर बीच में पड़नेवाला वह नाला, उसके पास लगे इमली और जामुन के पेड़ आज भी ज्यों-के-त्यों थे। मोटू-छोटू और वह जामुन तोड़ने में इतने मगन हो जाते थे कि स्कूल में देर हो जाती थी और गणित के काने मास्टरजी उन तीनों को सज़ा देकर बैंच पर खड़ा कर दिया करते थे। जब वे तिरछे होकर बोर्ड पर सवाल समझाते होते तो बैंच पर खड़ा-खड़ा छोटू जीभ निकालकर और मुक्का दिखा-दिखाकर उन्हें चिढ़ाया करता था। उस समय कैसे भीतर से उमड़ती हुई हँसी को जबरन होंठों में ही दबाना पड़ता था।

इम्तिहान में हमेशा तीनों एक-दूसरे की नकल किया करते थे। पतंग उड़ाना, सोडे की बोतलों को पीस-पीसकर माँजा सूतना, घंटों गिल्ली-डंडे और गोलियाँ खेलना, छिपकर ताऊजी की बीड़ी पीना, मन्दिर में से पैसे उठाकर ले आना। हर प्रसंग की अनेक-अनेक घटनाएँ उसकी स्मृति में लिपटी थीं। छोटू शुरू से ही ज़्यादा शरारती था। दिन

में दो-तीन बार वह ताऊजी से ज़रूर पिटता था। पिताजी बचाते तो ताऊजी उन्हीं पर बरस पड़ते...''छोड़ दे रामेश्वर, इस समय ढील दी तो आवारा हो जाएगा यह।''

बचपन की उन्हीं सब बातों को, उन्हीं स्थानों के बीच, एक बार फिर से सजीव करने के उद्देश्य से ही वह यहाँ आया था। पर जाने क्यों सारे दिन उसे यही लगता रहा कि बचपन की स्मृतियों के नाम पर उसने जो कुछ भी अपने मन में अंकित कर रखा है, उसमें से कुछ भी नहीं मिलेगा। शायद वह सोचता बहुत है और सोचने की इस प्रक्रिया में बहुत-सी काल्पनिक चीज़ें भी जोड़ता चलता है। पर जब वे सारे-के-सारे स्थान और चिन्ह हलके से परिवर्तन के साथ ज्यों-के-त्यों मिल गए तो उसे बड़ा सुखद आश्चर्य हुआ। यहाँ तक कि हरखू मोदी की वह दुकान भी मिली जहाँ से वे तीनों उधार लेकर चने-मूँगफली खाया करते थे और जब यह बात घर पहुँचती थी तो पिटते थे। बूढ़ा हरखू एक आँख पर हरे फ्लैनल की थिगली-सी लटकाए उससे मिलकर बड़ा प्रसन्न हुआ। उसने आज भी चने खरीदे तो हरखू ने पैसे नहीं लिए।

''तुम्हारा बेटा कहाँ गया?''

''भैया, लल्लन ने तो शहर में नौकरी कर ली। मुझको भी बुलाता है पर अपना तो जब तक शरीर चलता है, अपनी दुकान भली।''

रात को वह लौटा तो घर में सन्नाटा छाया हुआ था।

पहले दिन उसके खाने-पीने और सोने की अनियमितता की अभिभावात्मक ढंग से आलोचना करने के बाद ताऊजी ने 'चार दिन को आया है' कहकर उसे स्वीकार भी कर लिया था। पर बाहर जाने से पहले वे एक बार अवश्य ऊपर जाते थे। ''क्यों बेटा, किसी चीज़ की ज़रूरत तो नहीं है न?'' से शुरू होकर बात काफ़ी आगे तक चलती थी। उस समय ताऊजी सफ़ेद ब्रिचिस और बन्द गले का सफ़ेद कोट पहने रहते, जिसमें मीने के काम के सोने के बटन लगे होते। सिर पर कलफ़दार साफ़ा।

शरद के मन में ताऊजी का यही रूप अंकित था, केवल चेहरा कुछ अधिक चिकना और शरीर कुछ अधिक कसा हुआ। उनके हाथ में क़रीब दो फुट लम्बा, गोल लकड़ी का डंडा रहता, जिसके एक सिरे पर जीभ के आकार का कटा हुआ चमड़े का एक टुकड़ा लटकता रहता। वह डंडा हिला-हिलाकर बात करते तो बहुत रोकने पर भी शरद का मन बात से ज़्यादा चमड़े की लपलपाती उस जीभ पर चला जाता।

बात हमेशा उसके परिवार से शुरू होती और फिर अनायास ही ताऊजी के अपने परिवार पर आ जाती।

"तुम लोग तो लड़के हो, पर यह बताओ उस हीरा को क्यों कुँआरा बिठा रखा है? छब्बीस की तो होगी? और क्या लल्ली से दो बरस बड़ी है। जानते हो, लल्ली के तीन बच्चे हैं।" और फिर वे शरद की ओर कुछ इस भाव से देखते मानो उसके तीन बच्चे होना बहुत बड़ी उपलब्धि हो। शरद मुस्कराता-सा कहता, "वह अब डॉक्टर हो गई है– बड़ी और समझदार है। उसका अपना व्यक्तित्व है..."

"अब तो हो ही गई बड़ी, पर पेट में से तो डॉक्टर होकर नहीं निकली थी।" ताऊजी भभकते, फिर बड़े खेद और असन्तोष से सिर हिलाते हुए कहते, "हमारी तो कुछ समझ में ही नहीं आता कि रामेश्वर ने यह सारे घर का सिलसिला क्यों बिगाड़ रखा है। लड़कियों को कहीं यों छूट दी जाती है? लगता है, रामेश्वर ने बच्चों की तरफ़ से आँख मूँद ली है। कच्ची उमर में बच्चों का भविष्य उनके हाथ में छोड़ देने से तो ऐसा ही होता है।" फिर एकाएक स्वर को गिराकर बोले, "तुम विश्वास नहीं करोगे, छोटू ने इस घर में कम तुफैल नहीं मचाए थे। मैट्रिक में फर्स्ट पोजीशन क्या आ गई, अपने को लाटसाहब ही समझने लगा था। आगे पढ़ने के लिए बाहर जाएँगे, घर में नहीं रहेंगे, दुकान पर नहीं बैठेंगे।" फिर एकाएक वे कुछ आत्मीय बातें करने के मूड में आ गए। ज़रा सामने झुककर, शरद को विश्वास में लेते से बोले, "प्रेम-व्रेम के चक्कर में भी पड़ गए थे। वो बावेला मचाया घर में कि बस। कोई कायस्थों की छोकरी थी, आवारा-सी।" एकाएक शरद की

जिज्ञासा जागी, पर पता नहीं उन्होंने शरद के सामने वह सब कहना उचित नहीं समझा या कि वह प्रसंग दोहराना ही उन्हें अरुचिकर लगा सो उन्होंने बात को वहीं तोड़कर उसका सार निचोड़कर सुना दिया, "सो भैया, घर है तो ऊँच-नीच तो लगी ही रहती है। जमाने की हवा है तो बच्चे उससे अछूते थोड़ी ही रहते हैं, पर घर का जमा-जमाया एक सिलसिला हो तो सब ठीक हो जाता है। बच्चे जब भटकने लगें उस समय भी यदि उन्हें ठीक से गाइड न कर सकें तो लानत है हमारे माँ-बाप होने पर।" और एकाएक ताऊजी ने डंडा मेज़ पर जमाया तो चमड़े की वह जीभ एक बार फिर हवा में लपलपा उठी। शरद को लगा कि प्रतिवाद करने के लिए यदि उसने चूँ भी की तो यह जीभ उसे निगल ही लेगी।

पुराने एसोसिएशन्स ताजा होते ही शरद को जैसे लिखने का मूड आ गया। देखे हुए स्थानों का एक-एक डिटेल वह अपनी डायरी में नोट करने लगा। सिनेमा के ट्रेलर की भाँति नीचे से मोटू-छोटू और ताईजी की बातों के प्रसंगहीन टुकड़े उसके कानों में पड़ते रहते। 'अम्मा, महादेव जी के मन्दिर में एक बड़े चमत्कारी महात्मा आए हैं, उन्हीं से लेकर ताबीज बाँधो, वैद्य-हकीमों से यह गठिया नहीं जाएगी'...'मोटू भैया, हाथरसवालों को मैंने जवाब दे दिया कि बिना जायचा जुड़ाए तो हम सम्बन्ध नहीं कर सकेंगे'...'शंकरलाल के लड़के ने किसी बंगालिन से शादी कर ली...माँ-बाप बेचारे झक मार रहे हैं'...'हरदेई चाची के मरने पर बेटों ने कह दिया हम तेरहवीं नहीं करेंगे।' 'सीमेंट के बीस थैलों का इन्तजाम और हो गया है, अब काम शुरू करवा देना चाहिए'...मजदूरों के दिमाग़ भी आज-कल आसमान पर चढ़ रहे हैं..."

पर जैसे ही ताऊजी आते, सारे घर में उनका स्वर गूँजने लगता और बाकी स्वर जैसे उसी में डूबकर रह जाते..."मैं कहता हूँ, इन लल्ला, मुन्ना को तो कुछ सिखाया करो, औंधे लेटकर पढ़ रहे हैं, यह

कोई ढंग है पढ़ने का? तुम लोगों को हमने होशियार कर दिया, अब इन्हें तो तुम देखो-भालो!" दुनिया-भर के आदेश, दुनिया-भर की हिदायतें।

"आज बाहर नहीं गए?" ऊपर चढ़ते हुए ताऊजी ने पूछा।

"बस यों ही कुछ लिखने बैठ गया।" पेन बन्द करके कुर्सी से ज़रा-सा उठते हुए शरद ने दरवाज़े पर खड़े ताऊजी का स्वागत किया।

"शाम को सब लोगों से मिल-मिला आता हूँ, इसी बहाने थोड़ा घूमना भी हो जाता है।"

शरद चुप रहा और वे बाहर छत की ओर देखने लगे। धूप छत पर से कभी की सिमट चुकी थी, इस समय हवा में थोड़ी ठंडक भी आ गई थी। "हवा यहाँ खूब चलती है।" फिर एक मिनट ठहरकर पूछा "रामेश्वर मकान-वकान बनवा रहा है या नहीं?" शरद को लगा अब वे अपने मकान की बात करेंगे।

"हमने तो भाई, सिर छिपाने और पैर टिकाने के लिए यह मकान बनवा लिया।" होंठ दबा लेने के कारण शरद की हँसी मुस्कराहट बनकर रह गई।

"कुछ भी हो, अपने मकान की होड़ नहीं, क्यों?"

समर्थन के अतिरिक्त शरद के पास कोई चारा नहीं था।

"दो कमरे छोटू के लिए, दो मोटू के लिए। बिलकुल अलग। अब न किसी का लेना, न देना। साथ रहकर भी हमारे यहाँ सब स्वतन्त्र हैं। मैंने नियम बना दिया है कि रात नौ बजे के बाद कितना ही ज़रूरी काम हो, बेटे और बहुओं को उनके कमरों से नहीं बुलाया जाएगा। फिर काम भी ऐसा बाँट रखा है कि झगड़े की कोई बात नहीं।" फिर गर्दन ज़रा आगे की ओर झुकाकर पूछा, "तुम्हें आए तीन दिन हो गए, कभी देखा तुमने बहुओं को लड़ते हुए? सुनी उनकी तू-तू, मैं-मैं?"

शरद को पहली बार ख़याल आया कि उसे तो आज तक यह भी नहीं मालूम पड़ा कि मोटू की बहू कौन सी है और छोटू की कौन सी। उसके कमरे की खिड़की से नीचे के आँगन का जो थोड़ा-सा भाग

दिखाई देता है, वहीं से उसे कभी-कभी रंगीन साड़ियों की झलक मिल जाती है, न भी मिलती है तो दूसरे दिन आँख खुलते ही सामने तार पर फैली हुई साड़ियों से वह अनुमान लगा लेता है कि कल ये ही साड़ियाँ उनके शरीरों पर रही होंगी।

"सो भैया, हमने तो शुरू से ही ऐसा सिलसिला बिठा दिया कि झगड़े-टंटे की कोई गुंजाइश ही नहीं।" फिर सामने रखी सीमेंट की बोरियों की ओर देखकर बोले, "भाग-दौड़ करके सीमेंट इकट्ठी की, कि अपने रहते-रहते ऊपर की मंजिल भी बनवा दूँ। कौन जाने आगे क्या हो? यों भी अब छोटू-मोटू के बच्चे बड़े हो रहे हैं। मैंने तो इसी इरादे से ये छतें छोड़ दी थीं, बच्चे जब तक छोटे रहें, खेल-कूद लें, बड़े होने लगें तो सिर पर छतें डलवा दो, कमरे बन गए।" और अपनी ही दूरदर्शिता पर वे मन्द-मन्द मुस्कराते रहे। फिर एकाएक उठते हुए बोले, "कौन जाने इनके बड़े होने तक हम जिन्दा भी रहेंगे या नहीं, सो सिलसिला बिठा ही दूँ।"

आँख खुलते ही शरद ने पहली बात सोची कि आज वह चल देगा। दो बार जोर की अँगड़ाई लेकर वह छत पर निकला तो देखा, सारी छत पर धूप फैली हुई है। सामने सीमेंट की बोरियों के चारों ओर ईंटों के ढेर लगा दिए गए हैं। ज़रा-सा नीचे झाँका तो देखा कि छोटू कमर में पाँयचे खोंसे, कमीज़ की बाँहें मोड़, हाथ में पानी की बालटी लिए खड़ा है और फेंटा-सा कसे बिट्टी सींक की झाड़ू से 'शटाक्-शटाक्' करती आँगन धो रही है। शरद को देखते ही बोला–

"उठ गए पन्ना भैया? आइए आप जल्दी से निपट लीजिए, आपका नाश्ता रखा है।"

"बड़े जोरों से धुलाई हो रही है।" शरद के नीचे उतरते ही बिट्टी सिमटकर एक ओर खड़ी हो गई। दोनों बच्चे लोटे भर-भरकर पानी डाल रहे थे।

"आज मकान का मुहूर्त है सो सत्यनारायण की कथा करवाई है।

कल से ऊपर की मंजिल का काम शुरू हो जाएगा। आप बाहर निकलें तो जल्दी आइएगा भैया।'' छोटू के स्वर में उत्साह जैसे छलका पड़ रहा था।

''आज तो यार, हम जाने की सोच रहे हैं।''

''नहीं भैया, शंकर पंडित की कथा सुनने तो लोग दूर-दूर से आते हैं। आप कल जाइएगा।''

दूसरे दिन शरद कमरे में अपना सामान ठीक कर रहा था। बाहर छत पर मजदूर गीली सीमेंट की तगारियाँ भर-भरकर दूसरी ओर ले जा रहे थे। धोती की तहमद बाँधे ताऊजी खड़े-खड़े उसी कमांडरी लहज़े में आदेश देते जा रहे थे और नन्हा-मुन्ना ईंट के ढेर पर खड़ा होकर चहक रहा था, ''देखो लल्ला भैया, हम कितने ऊँचे पहाड़ पर...''

एक बार और

सारा सामान बस पर लद चुका है। बस छूटने में पाँच मिनट बाकी हैं। ड्राइवर अपनी सीट पर आकर बैठ गया है। सामान को ठीक से जमाकर कुली नीचे उत्तर आया है और खड़ा-खड़ा बीड़ी फूँक रहा है। अधिकतर यात्री बस में बैठ चुके हैं, पर कुछ लोग अभी बाहर खड़े विदाई की रस्म अदा कर रहे हैं। अड्डे पर फैली इस हलकी-सी चहल-पहल से अनछुई-सी बिन्नी चुप-चुप कुंज के पास खड़ी है। मन में कहीं गहरा सन्नाटा खिंच आया है। इस समय कोई भी बात उसके मन में नहीं आ रही है, सिवाए इस बोध के कि समय बहुत लम्बा ही नहीं, बोझिल भी होता जा रहा है। लग रहा है जैसे पाँच मिनट समाप्त होने की प्रतीक्षा में वह कब से यहाँ खड़ी है। कुंज के साथ रहने पर भी समय यों भारी लगे, यह एक नई अनुभूति है, जिसे महसूस करते हुए भी स्वीकार करने में मन टीस रहा है।

"पान खाओगी?"

"नहीं।"

"कुछ पिपरमेंट की गोलियाँ पर्स में रख लो।"

"मुझे चक्कर नहीं आते।"

"टिकट ठीक से रख लिया न?"

"हूँ।"

ये औपचारिक वाक्य दोनों के बीच घिर आए मौन को तोड़ने में

कितने असमर्थ हैं, दोनों ही इस बात को जान रहे हैं, पर मौन तोड़ने के लिए शायद कुछ और है भी नहीं।

अब से कोई पाँच घंटे पहले चाय पीते-पीते बिन्नी ने बिना किसी प्रसंग और भूमिका के कहा था, "कुंज, मैं आज ही वापस लौट जाऊँगी।"

"क्यों?" हलके-से विस्मय से उसने पूछा था।

"बस, अब लौट ही जाऊँगी?" चाय के साथ-ही-साथ आँसुओं का घूँट-सा पीते हुए उसने कहा था, तब स्वयं उसके मन में भी शायद यह बात नहीं थी कि आज उसे चल ही देना पड़ेगा।

"तुम तो लम्बा प्रोग्राम बनाकर आई थीं न?" कुंज के स्वर में जैसे नमी आ गई थी, पर उसे रोकने का आग्रह या मनुहार जैसी कोई बात नहीं थी। उसके चेहरे के रह-रहकर बदलते भावों से उसके मन की दुविधा का आभास ज़रूर मिल रहा था। बिन्नी बूँद-बूँद चाय सिप करके अकारण ही समय को खींच रही थी। तभी बैरा अखबार दे गया तो कुंज को जैसे एक सहारा मिल गया।

बिन्नी उठी और सूटकेस ठीक करने लगी। अधिकतर साड़ियों की तह भी नहीं खुली थी, फिर भी बिन्नी उन्हें निकाल-निकालकर जमाने लगी। हर क्षण उसे लगा था कि कुंज दोनों के बीच खिंच आए इस तनाव को तोड़कर उसे बुरी तरह डाँटेगा और गुस्से में आकर सूटकेस का एक-एक कपड़ा निकालकर बाहर फैला देगा। पर ऐसा कुछ नहीं हुआ। बड़ी देर तक बिन्नी इधर के कपड़े उधर करती रही, फिर जाकर खिड़की पर खड़ी होकर नीचे से गुजरते सैलानियों को देखती रही और कुंज बड़े निरर्थक से कामों में अपने को व्यस्त बनाए रखने का अभिनय करता रहा और उस समय का मौन यहाँ तक खिंचा चला आया।

कंडक्टर ने सीटी बजाई। बिन्नी ने देखा कि एक बड़ी ही निरीह-सी कातरता कुंज के चेहरे पर उभर आई है। बिन्नी का अपना मन बहने-बहने को हो आया, पर अपने को भरसक साधती-सी बस में चढ़ने लगी। कुंज ने हलके-से उसकी पीठ पर हाथ रखकर उसे सहारा दिया।

बस स्टार्ट हुई तो कुंज ने कहा, "पहुँचकर लिखना।" बिन्नी से स्वीकृति में सिर भी नहीं हिलाया गया।

बस चल पड़ी तो उसके खाली मन पर आक्रोश, निराशा, अवसाद और आत्मग्लानि की परतें जमने लगीं। आँसुओं को आँख की कोरों में ही पीते हुए वह बाहर देखने लगी। मोड़ पर एक बार उसने पीछे की ओर मुड़कर देखा। बस धूल के जो गुबार छोड़ आई थी, उनके बीच कुंज का सिर दिखाई दिया। पता नहीं वह किस ओर देख रहा था। मोड़ के साथ ही बस ढलान पर चलने लगी। चारों ओर फैली हुई पहाड़ियाँ और उनके बीच अँगड़ाई लेती हुई सुनसान घाटियाँ। कुंज ऊपर ही छूट गया है, और बस उसे तेजी से नीचे की ओर ले जा रही है, नीचे-नीचे।

पीछे कोई बराबर खाँस रहा है, जैसे दमे का मरीज हो। इस लगातार की खाँसी से बिन्नी को बेचैनी होने लगी। उसने पीछे मुड़कर देखा। सबसे पिछली सीट पर एक बूढ़ा पैर ऊपर उठाए, घुटनों में मुँह छिपाए लगातार खाँसे जा रहा है। थोड़ी देर में उसकी खाँसी बन्द हो गई, तो बिन्नी बड़ी बेकली से उसके फिर से खाँसने की प्रतीक्षा करने लगी। जब फिर खाँसी चलने लगी तो उसे जैसे राहत मिली और हर बार यही होता, उसके खाली मन को टिकाने के लिए जैसे एक सहारा मिल गया।

बस से उतरी तो बिन्नी को लगा, जैसे उसका सिर बहुत भारी हो गया है। हवा वास्तव में शायद उतनी गरम नहीं थी, जितनी पहाड़ से आनेवालों को लग रही थी। बिन्नी ने वेटिंग-रूम में जाकर हाथ-मुँह धोया, सिर पर ढेर सारा ठंडा पानी डाला और पंखे के नीचे बैठ गई।

प्लेटफ़ार्म पर इस समय सन्नाटा-सा ही था। बस से उतरे हुए यात्री वेटिंग-रूम में समा गए थे। नीली वर्दीवाला कोई-कोई खलासी इधर-उधर आता-जाता दिखाई दे जाता था।

धीरे-धीरे साँझ उतरने लगी तो बिन्नी की आँखों में कल की साँझ उतर आई।

हवा में काफ़ी ठंडक थी फिर भी चढ़ाई के कारण बिन्नी और कुंज के चेहरे पर पसीने की बूँदें झलक आई थीं। बिन्नी चुपचाप चल रही थी, अपने में ही डूबी, आत्मलीन-सी।

कुंज शायद समझ रहा था कि फूली हुई साँस के कारण उससे कुछ बोला नहीं जा रहा है। पर नहीं, बिन्नी के पास उस समय बोलने के लिए कुछ था ही नहीं। केवल यह अहसास था कि सारी बात खिंचकर ऐसे बिन्दु पर आ गई है, जहाँ शायद कहने-सुनने के लिए कुछ भी नहीं रह जाता।

"कहीं बैठा जाए अब तो..." चुप-चुप चलने से ऊबकर बिन्नी ने कहा।

"बहुत थक गईं?"

"हाँ, अब तो सचमुच बहुत थक गई।" और जब उसने कुंज की कुछ टटोलती-सी नज़रों को अपने चेहरे पर टिका पाया तो उसे लगा जैसे कुंज ने उसकी बात को किसी और ही अर्थ में ग्रहण किया है।

बैठते ही कुंज ने उसका हाथ अपने हाथ में ले लिया। यह स्पर्श; होश सँभालने के बाद पुरुष-स्पर्श से उसका परिचय इस स्पर्श ने ही कराया था। इसी स्पर्श ने भीतर तक गुद-गुदाकर और रोम-रोम में बसकर उसे उठते यौवन का अहसास कराया था। आज एकाएक ही कितना अपरिचित हो उठा है यह स्पर्श—सर्द और निर्जीव।

फिर भी उसने अपना हाथ खींचा नहीं। सूनी-सूनी नज़रों से सामने फैली पहाड़ियों और नीचे उतरती घाटियों को ही देखती रही। कुंज का हाथ थरथराने लगा। वह समझ गई कि कोई बात है जो उसके भीतर घुमड़ रही है। पहले जब कभी उसे इस बात का आभास भी मिलता था तो कितनी उत्सुक हो उठती थी वह जानने के लिए। आज वह न कोई उत्सुकता दिखा रही है, न आग्रह कर रही है। भीतर-ही-भीतर तो वह जानती भी है कि कुंज क्या बात करेगा। उसने मधु का पत्र पढ़ लिया था। शायद कुंज ने जान-बूझकर ही ड्रेसिंग-टेबिल पर वह पत्र छोड़ दिया था, जिससे कि बिन्नी स्वयं सारी स्थिति समझ ले। फिर भी

आशंका और आशा का मिला-जुला भाव बिन्नी के मन में रह-रहकर तैर रहा है। कुंज सारी बात को किस रूप में रखता है? किस अधिकार से वह कहेगा कि 'बिन्नी तुम लौट जाओ, अपने को काट लो।' वह जानने-सुनने को उत्सुक भी है, साथ ही यह भी चाहती है कि दोनों के बीच कभी वह प्रसंग उठे ही नहीं। बस, ऐसा ही एकान्त हो, ऐसी ही निर्विघ्न शान्ति हो और इसी प्रकार कुंज उसका हाथ अपने हाथ में लिए बैठा रहे। "बिन्नी!" कुंज अटक जाता है। फिर धीरे-धीरे बिन्नी का हाथ सहलाने लगता है। बिना देखे भी बिन्नी जान लेती है कि बड़ी ही दयनीय-सी विवशता उसके चेहरे पर उभर आई है।

"बिन्नी, तुम्हीं बताओ मैं क्या करूँ? मेरी आस्था ही मेरे लिए बहुत भारी पड़ रही है। यह सब अब मुझसे चलता नहीं। यह दुहरी ज़िन्दगी, यह हर क्षण का तनाव...।" वाक्य उससे पूरा नहीं हो पाता। बचे हुए 'शब्द' स्वर के भर्राएपन में ही डूबकर रह जाते हैं।

बिन्नी कुछ नहीं कहती, केवल अँधेरे में कुंज के चेहरे पर उभर आए भावों को देखने की कोशिश करती है। विश्वास करने की कोशिश करती है कि यह सब कुंज ही कह रहा है। भीतर-ही-भीतर कुंज के ही कुछ वाक्य टुकड़ों-टुकड़ों में गूँजते हैं—"बिन्नी, शादी मुझे इतना संकीर्ण नहीं बना सकेगी कि मैं अपने और सारे सम्बन्धों को झुठला ही दूँ। शादी अपनी जगह रहेगी और मेरा-तुम्हारा सम्बन्ध अपनी जगह!" पता नहीं, उस समय इन बातों से उसने अपने को समझाया था या बिन्नी को। कुंज उसके बाद कुछ नहीं कह पाता। थोड़ी देर बाद वह कहता है तो केवल यही, "बहुत अँधेरा घिर आया है, अब लौट चलें, वरना..."

और बिन्नी चारों ओर घिरते हुए इस अँधेरे को मन की अनेक परतों पर उतरता हुआ महसूस करती है, लौट जाने की आवश्यकता को भी महसूस करती है, पर समझ नहीं पाती कि आखिर लौटकर जाए कहाँ?

रात आधी के क़रीब बीत चुकी है। कमरे के सारे खिड़की-दरवाज़े

बन्द हैं। फायरप्लेस में जलती लकड़ियों का चट्ट-पट्ट शब्द ही कमरे के मौन को चीर रहा है। कुंज ने कमरे की बत्ती बन्द कर दी है। केवल लकड़ियों का पीला-पीला आलोक ही कमरे में थिरक रहा है, जिसके साथ दीवालों पर न जाने कैसे बेडौल-से साए काँप रहे हैं। उसे लगा वह जब भी कुंज के साथ होती है ऐसी ही बेडौल छायाएँ उसे हमेशा घेरे रहती हैं। कॉफ़ी के खाली प्याले टेबिल पर पड़े हैं और थकी-सी बिन्नी सोफ़े पर ही तकिया दबाकर अधलेटी-सी पड़ी है। सिगरेट के धुएँ के पारदर्शी बादलों के पीछे से झाँकता हुआ कुंज का चेहरा बिन्नी को एक भावहीन मूर्ति की तरह लग रहा है।

एकाएक बिन्नी को लगा जैसे बड़ी देर से वे चुपचाप बैठे हैं और इस अहसास के साथ ही उसे वह एकान्त बड़ा बोझिल लगने लगा। एकान्तिक क्षणों का मौन यों शब्दों से भी ज़्यादा मधुर होता है, पर लगा इसके पीछे तो कुछ और ही है। शायद, चाहकर भी कुछ न कह पाने की विवशता, बिना सुने ही सबकुछ जान लेने की व्यथा।

कुंज सिगरेट का आखिरी कश लेकर उसे मसलकर भरी हुई एश ट्रे में ठूँस देता है। फिर शब्दों को ठेलता हुआ-सा वह कहता है, "बिन्नी, तुम्हें लेकर मैं अपने को बहुत अपराधी महसूस करता हूँ।" और अब अपनी बात की प्रतिक्रिया जानने के लिए बिन्नी के चेहरे की ओर देखने लगता है। बिन्नी का अपना मन हो आता है कि वह देखे कि उस पीले-पीले आलोक में उसका चेहरा कैसा लग रहा है? कुंज की सीधी नज़रें उसे हमेशा बेचैन कर देती हैं। उसे लगता है जैसे अनायास ही कुंज की नज़रों में तुलना का भाव उभर आया है। यों किसी और के सन्दर्भ में देखे-परखे जाने की भावना हमेशा उसके मन को कचोटती है। पता नहीं कुंज के मन में यह भाव रहता भी है या नहीं, पर वह स्वयं इस भाव से कभी मुक्त नहीं हो पाती।

"तुम शादी कर लो बिन्नी। मेरी दुर्बलता की कीमत आखिर तुम क्यों चुकाओ—मुझे लगता है कि जब तक मैं निर्ममता से अपने को काट नहीं लेता तुम किसी और दिशा में सोचोगी ही नहीं। इस बार मुझे कुछ

निर्णय ले ही लेना चाहिए।'' और वह जैसे आँखों के आगे छाई धुन्ध को दूर करने के लिए दोनों हाथों से आँखें मसलने लगता है।

एकाएक ही बिन्नी का मन बेहद-बेहद कटु हो जाता है। मन होता है, सुलगती नज़रों से एक बार कुंज को देखे, पर वह छत की ओर देखने लगती है। आँखों के आगे मधु के पढ़े हुए पत्र की पंक्तियाँ उभर आती हैं, 'तुमने विवाह से पहले एक बार भी मुझे बता दिया होता कि तुम किसी और के साथ वचनबद्ध हो तो मैं कभी तुम दोनों के बीच नहीं आती। किसी और का अधिकार छीनने की मेरी आदत नहीं। पर जो अधिकार तुमने स्वेच्छा से दिया उसमें बँटवारा करना भी मेरे लिए संभव नहीं। आज भी अपना मन साफ़ करके मुझे बता दो, मैं चुपचाप लौट जाऊँगी। पर उस समय फिर गोद में मुँह छिपाकर आँसू मत बहाना। तुम जानते हो तुम्हारे आँसू मुझे कितना दुर्बल बना देते हैं। मैं तुम्हारे निर्णय की प्रतीक्षा करूँगी, इधर या उधर।'

और कुंज ने शायद निर्णय लेने के लिए ही उसे यहाँ बुलाया है। वह जानती है, निर्णय उधर का ही हुआ है। इधर तो जब होना चाहिए था तब नहीं हुआ, जब हो सकता था, तब नहीं हुआ तो अब क्या होगा। कुंज शायद अपने निर्णय का समर्थन करवाना चाहता है। चाहता है कि बिन्नी स्वयं कहे कि 'मैं अपने को काट लेती हूँ', और वह इस कटने की ज़िम्मेदारी सीधे बिन्नी पर या 'बिन्नी के हित' पर डालकर अपराध भावना से मुक्त हो सके। निर्णय उधर का हो चुका है, इसीलिए तो कुंज ने गोदी में सिर रखकर रोने के लिए उसे यहाँ बुलाया है। यदि इधर का होता, तो शायद आज मधु की गोदी में सिर रखकर कुंज रो रहा होता।

बात फिर वहीं टूट गई। पर बिन्नी ने अच्छी तरह महसूस किया कि जो कोमल तन्तु उन दोनों को वर्षों से बाँधे चला आ रहा था, आज जैसे वह टूट गया है। उन दोनों के बीच 'कुछ' था, जो मर गया है। टूटने-मरने का यह बोध रात में और भी गहरा हो गया था, जब दो लाशों की तरह वे साथ सोए थे।

कुंज सो सका था या नहीं, पर बिन्नी की नम आँखों के सामने सारी रात जाने कैसे-कैसे चित्र ही तैरते रहे—पिछले साल नैनीताल में कुंज के साथ बिताए हुए दिनों के चित्र। श्री और श्रीमती कुंज श्रीवास्तव के नाम से होटल में कमरा लिया था और बैरा लोग जब मेम साहब कहकर सम्बोधित करते तो उसे न कुछ अस्वाभाविक लगता था, न अनुचित। उसका सारा व्यवहार इतना स्वाभाविक था मानो वह वर्षों से उसके साथ रहती आई है, उसकी एक-एक आदत और आवश्यकता से वह खूब अच्छी तरह परिचित है। झील के किनारे की वे बातें आज भी उसे याद हैं जो शायद कभी उसके जीवन की सच्चाई नहीं बन सकीं, शायद कभी बन भी नहीं सकेंगी—उन्मुक्त प्यार का वह सम्बन्ध जिसे विवाह या किसी ऐसे औपचारिक बन्धन की आवश्यकता नहीं होती।

बिन्नी की आँखों से आँसू चू पड़े। मन बहुत डूबने लगा, तो उसने आँखें खोल दीं। फायरप्लेस की लकड़ियाँ बुझ चुकी थीं। अँगारों पर भी राख जम चुकी थी। केवल हलकी-सी गन्ध कमरे में अब भी फैली हुई थी। उसने धीरे-से करवट ली और मन-ही-मन तय किया, 'कल ही वह लौट जाएगी।'

रेंगती हुई ट्रेन कब प्लेटफ़ार्म पर आ खड़ी हुई—आधी सोती, आधी जागती बिन्नी जान ही नहीं पाई।

"अभी गाड़ी खाली है, अपना बिस्तर लगा लीजिए," कुली ने कहा तो वह चौंकी।

प्रतीक्षालय में बन्द यात्री कुलियों पर सामान लदवाए प्लेटफ़ार्म पर आ-जा रहे थे। दो-तीन बसें और भी अनेक यात्रियों को पहाड़ से नीचे ले आई थीं और हलका-सा शोर चारों ओर फैलने लगा था।

बिन्नी ने जल्दी से सामान उठवाया और जनाने डिब्बे में घुसकर ऊपरवाली बर्थ पर अपना बिस्तरा फैला लिया। उसे लगा आज रात

वह नहीं सोएगी, तो उसका सिर फट जाएगा। थोड़ी देर तक खिड़की के पास बैठी वह प्लेटफ़ार्म की भीड़ को ही देखती रही पर जब भीड़ बढ़ने लगी तो ऊपर चढ़ गई। आँख बन्द करने पर भी उसे रोशनी का चौंधा असह्य लगता है जैसे किसी ने चेहरे के सामने टार्च जला दी हो। उसने साड़ी का पल्ला आँख पर डाल लिया।

नीचे का शोर, बच्चों का रोना-चिल्लाना निरन्तर बढ़ता जा रहा है, पर उस सबसे तटस्थ बिन्नी अपने में ही डूबी है। गाड़ी चली तो पहली बात उसके दिमाग़ में आई—यों चार दिन में ही लौट आने की क्या सफ़ाई देगी वह सुषी को? कुंज का पत्र पाकर जब उसने अपने जाने की बात कही थी, तो सुषी विस्मित-सी उसे देखती रह गई थी। रात में सोते समय केवल इतना ही कहा था—"पहले का जाना तो तब भी समझ में आता था बिन्नी, पर अब? जो आदमी बार-बार वायदा करके मुकर जाए, उससे क्या आशा करती है तू?"

"आशा? क्या हमेशा कुछ पाने की आशा से ही सम्बन्ध रखा जाता है।" कहकर ही बिन्नी को लगा था कि वह सुषमा को समझा रही है या अपने मन को?

"सम्बन्ध?" सुषमा के स्वर में वितृष्णा-भरी खीज उभर आई। "तू अभी भी समझती है कि तू उसे प्यार करती है या कि यह प्यार है जिसके जोर से तू खिंची हुई चली जाती है? क्यों अपने को धोखा दे रही है बिन्नी? अब तेरे सम्बन्ध का आधार प्यार नहीं—प्रेस्टीज है, कुचला हुआ आत्म-सम्मान। तुझे कुंज नहीं मिला, तो तू अपने को बर्बाद करके भी यह सम्भव नहीं होने देगी कि वह मधु को मिले।"

बिन्नी भीतर तक तिलमिला उठी। मन हुआ चीखकर सुषमा को चुप कर दे, पर वह भिंचे गले से केवल इतना ही कह सकी, "तू चुप हो जा सुषमा।" थोड़ी देर तक बिन्नी प्रतीक्षा करती रही थी कि सुषमा कोई और कड़ी बात कहेगी, लेकिन सुषमा सचमुच ही चुप हो गई। बिन्नी समझ गई, सुषी बहुत नाराज है। हलकी नाराज़गी में सुषी खूब लड़ती है, पर जब बात उसके लिए असह्य हो जाती है, तो वह चुप

हो जाती है। कुंज ने उन दोनों के बीच एक दीवार खड़ी कर दी है और हर बार ही कुछ ऐसा होता है कि उस दीवार पर अनचाहे ही एक पलस्तर और चढ़ जाता है। बिन्नी सुषमा के आक्रोश को समझती है, पर सुषी है कि उसके मन की बात नहीं समझ पाती–शायद कभी समझ भी नहीं पाएगी।

बिन्नी का मन हुआ सुषमा उससे लड़ ले, कुछ और कटु बातें उसे सुना दे, पर यों चुप न हो। सब घरवालों से अपने को काटकर बिन्नी यहाँ रह रही है–कैसी-कैसी मानसिक यन्त्रणाओं से वह गुजरी है, पर सुषी का सहारा उसे हमेशा मिलता रहा है, ग़लत और सही कामों में उसका समर्थन मिलता रहा है। पर इस बार जैसे वह उस आखिरी सहारे को भी तोड़कर कुंज के पास चली आई थी।

अब क्या कहेगी वह सुषी को! उसकी बन्द पलकों में आँसू चू पड़े।

बिन्नी को लेकर ताँगा जब स्टेशन के बाहर निकला, तो पौ भी नहीं फटी थी। सड़क सुनसान थी और हवा सुहानी। जमादार ऐन भोर की मस्ती में–'हवा तुम धीरे बहो' की तान के साथ सड़क झाड़ रहा था। स्टेशन-रोड से ताँगा झील के रास्ते की ओर मुड़ा तो सड़क के किनारों पर सूने गुलमोहर और अमलतास के पेड़ों की कतार-की-कतार खड़ी दिखाई दी। बिन्नी का मन लौटकर फिर उस सुबह की ओर चला गया, जब गुलमोहर के पेड़ लाल-लाल फूलों से भरे थे और उसका मन विचित्र-से सशंकित उल्लास से।

कुंज ने बाँहों में भरकर, अनेक चुम्बन अंकित करके उसे नैनीताल से विदा किया था–इस आश्वासन के साथ कि वे जल्दी ही एक नई ज़िन्दगी की शुरुआत करेंगे। उस दिन जब उसका ताँगा इस तरफ़ मुड़ा था तो उसे लगा था कि उसकी ज़िन्दगी भी अब फूलों के रास्ते की ओर मुड़ गई है।

इसी तरह सुषी को बिना सूचना दिए वह आई थी पर सारे रास्ते उसे लगता रहा था कि घोड़ा बहुत धीरे चल रहा है, या कि रास्ता खिंच कर बहुत लम्बा हो गया है।

सुषमा ताँगे की आवाज़ से ही जागी थी और उसने उनीदीं आँखों से ही बिन्नी को बाँहों में भर लिया था।

उसके बाद बिन्नी जहाँ कहीं भी जाती उसे गुलमोहर के लाल-लाल फूल ही दिखाई देते। लोगों का कहना था कि उस साल जैसा गुलमोहर शहर में कभी नहीं फूला था।

फिर एक-एक दिन सरकता गया और गुलमोहर के फूल धीरे-धीरे झड़ते चले गए।

दिन ठंडे होते चले गए थे और अकारण ही यह ठंडक सुषमा के मन में पैठती चली जा रही थी। उसने कुंज के पत्र पढ़ना बन्द कर दिया था और कुंज के पत्रों को पढ़कर अकेले झेलना बिन्नी को बहुत भारी लगने लगा था। कुंज को लेकर उसके अपने मन में न जाने कितना आक्रोश और क्षोभ भरा था, पर सुषमा के सामने होते ही उसे कुंज का मुखौटा ओढ़ना पड़ता था। और तब उसका कष्ट कई गुना हो जाता था।

दिसम्बर में सुषमा अपने देवर-देवरानी के आग्रह की बात कहकर कानपुर चली गई थी। बिन्नी का बहुत मन हुआ था कि वह उसे रोक ले, पर उससे कुछ नहीं कहा गया था। चलते समय केवल इतना ही कह पाई थी, "सुषी, जल्दी आना, मेरा मन बिलकुल नहीं लगेगा।" तो सुषमा की आँखों में भी आँसू आ गए थे और बिन्नी को जैसे आश्वासन मिल गया था कि दोनों के बीच कहीं कोई नहीं है, कभी कोई हो भी नहीं सकता है, कि सुषमा जल्दी ही लौटकर आएगी।

ताँगे की आवाज़ सुनकर माँजी निकलीं और उसे देखकर हैरान-सी बोलीं, "अरे बीवी, तुम कैसे लौट आईं?"

बिन्नी ने ताँगेवाले को पैसे दिए, माँजी को जवाब नहीं दिया। उसने सोच लिया है कि वह किसी को कुछ नहीं कहेगी, सुषमा को भी नहीं।

माँजी ने होल्डाल उठाया और बिन्नी ने सूटकेस। "सुषमा बीवी कल शाम को ही शर्मा साहब के यहाँ चली गईं। बीवीजी खुद आकर ले गईं। आज दोपहर में आने को कह गई हैं।"

बिन्नी को बड़ी राहत मिली। मित्रता के इतने वर्षों में यह पहला मौक़ा था कि सुषी की उपस्थिति उसे असह्य लग रही थी। पर अपनी इस भावना पर उसका मन ग्लानि से भर उठा।

बरामदा पार करके बिन्नी कमरे में घुसी। वही कमरा, वही सामान। फिर भी उसे लगा कि जैसे दीवालें सिमट आई हैं और कमरा छोटा हो गया है। इस छोटे से कमरे में ही उसे बहुत बड़ी ज़िन्दगी काटनी है। हाथ-मुँह धोकर उसने चाय पी और फिर अपने कमरे के पलँग पर आकर लेट गई। माँजी आईं तो उसने खिड़की खोल दी और परदा एक ओर को सरका दिया। सुबह की कोमल धूप में बिन्नी का शरीर नहा उठा, पर खिड़की की सलाखों ने उसके शरीर को कई टुकड़ों में बाँट दिया और यों कटी-बँटी बिन्नी दोपहर तक ऐसे ही लेटी रही।

सुषमा आई तो हैरान। "तू कैसे लौट आई?"

"यों ही, मन नहीं लगा इस बार।"

इस बात पर ध्यान दिए बिना सुषी की तेज़ नज़रें बिन्नी के मन में उतरती जा रही थीं। बिन्नी खुद जानती थी कि जो कुछ उसने कहा, वह विश्वास करने लायक नहीं है।

"लड़ाई हो गई कुंज से?"

"नहीं तो," कहने को कह तो दिया बिन्नी ने पर भीतर से रुलाई का वेग जैसे फूट पड़ना चाहता था। किसी तरह अपने को संयत करके वह अख़बार पढ़ने की कोशिश करने लगी। सुषमा भीतर गई तो बिन्नी ने सोचा कि अब वह लौटकर नहीं आएगी, वह उससे कोई बात नहीं करेगी, साथ रहकर भी उन्हें अजनबियों की तरह ही रहना पड़ेगा—हो

सकता है, सुषमा यहाँ से चली ही जाए। पर तभी हाथ में बिनाई लिए सुषमा आकर सामने की कुर्सी पर बैठ गई। सुषमा हमेशा की तरह सहज लग रही थी, मानो चार दिन पहले उनके बीच कुछ हुआ ही न हो।

बिन्नी अख़बार एक ओर पटककर पलँग पर ही बैठ गई। नहीं, सुषमा को वह अपने से यों कटने नहीं देगी। उसने पीठ पर फैले बालों को हथेली पर लपेटकर ढीला-सा जूड़ा बना लिया और सबकुछ बता देने के लिए भीतर-ही-भीतर जैसे अपने को तैयार करने लगी।

"तेरा यों लौट आना बड़ा विचित्र संयोग है, कहूँ कि बड़ा शुभ संयोग।" और सुषमा ने अपनी नज़र बिनाई पर से उठाकर बिन्नी के चेहरे पर गड़ा दी, जहाँ विस्मय का भाव गहरा होता जा रहा था।

"दिनेश भैया का पत्र देख लिया न?"

"नहीं तो। कहाँ है?" सुषमा की बात का सूत्र इस पत्र में होगा। इस बात का अनुमान-सा लगाते हुए उसने पूछा।

"तेरी दराज़ ही में तो रख दिया था मैंने।" और सुषमा ने उठकर उसे पत्र पकड़ा दिया। पत्रों की बेसब्री से राह देखनेवाली बिन्नी सवेरे से आकर दराज़ तक न खोले, यह सब उसकी जिस मानसिक स्थिति का सूचक है, सुषी उसे खूब समझ रही है पर उसने सोच लिया है कि वह उस बारे में कोई बात नहीं करेगी।

बिन्नी बन्द लिफ़ाफ़े को यों ही उलट-पलटकर देखती रही और मन में जो सबसे पहली बात उठी वह यह कि क्या सचमुच ही सुषी ने अपने को बिन्नी से एकदम काट लिया है? वरना सुषमा तो नाराज़ होने से पहले तक कुंज तक के पत्र इस अधिकार से पढ़ती थी, मानो वे उसी के लिए लिखे गए हों। सुषमा के विवाह के पहले तक दोनों का हर काम साझे में चलता था। श्यामजी के विदेश जाने के बाद सुषमा बिन्नी के पास आकर रहने लगी तो यह टूटा हुआ क्रम फिर जुड़ गया था। लेकिन अब?

बिन्नी ने पत्र पढ़ लिया तो सुषमा ने प्रतिक्रिया जानने के लिए

उसकी ओर देखा। बिन्नी भावहीन चेहरा लिए पत्र को मोड़ती-खोलती रही। उसकी कुछ भी समझ में नहीं आया कि वह क्या कहे। पत्र में विशेष कुछ था भी नहीं। इधर-उधर की दो-चार बातों के बाद सूचना थी कि नन्दन अपने काम से आ रहा है। शायद दस-बारह दिन ठहरेगा। उसके साथ रसगुल्ले का एक टिन भेज रहे हैं।

"अच्छा हुआ, तू आ गई। मैं तो समझ ही नहीं पा रही थी कि दिनेश भैया को क्या जवाब दूँ?"

बिन्नी समझ गई कि दिनेश भैया ने सुषमा को अलग से भी पत्र लिखः है। बिन्नी ने अपने को परिवार से काट लिया है, फिर भी कभी-कभी भैया का कर्त्तव्य-बोध जाग ही जाता है। नन्दन के बारे में उन्होंने पहले भी लिखा था—बिन्नी को कई बार आने का आग्रह भी किया था, पर बिन्नी के अपने मन में नन्दन को लेकर कभी कोई दिलचस्पी नहीं जागी। वही नन्दन अब यहाँ आ रहा है। सुषमा का वाक्य मन की किसी अदृश्य परत पर गूँजा—शुभ संयोग।

"गेस्ट-हाउस में ठहरेंगे। तू कहे तो मैं यहीं ठहरने को कह दूँ?" सुषमा की इस बात से बिन्नी भीतर तक गल गई। क्या हो गया है इस सुषी को? अपने सारे अधिकार समेटकर यों निरीह बनकर वह बिन्नी से पूछे? शादी के बाद से सुषमा कैसे अनायास ही उसकी अन्तरंग मित्र से अभिभाविका बन बैठी। यह आज तक वह नहीं समझ सकी थी। पिछले डेढ़ साल से जो सुषमा साधिकार आदेश ही देती आई है, वह निरीह बनकर यों उसकी अनुमति ले? उसका मन हुआ सुषमा के दोनों कन्धे झकझोर कर पूछे, "तू भी मुझे अपने से काटकर अलग कर देना चाहती है तो साफ़ क्यों नहीं कहती...ये इस तरह की बातें।' पर उससे केवल इतना ही कहा गया, "मुझसे क्या पूछती है, यह तेरा घर नहीं है क्या?" स्वर में कुछ ऐसी आर्द्रता थी कि सुषमा हैरान-सी देखती रह गई और बिन्नी उठकर भीतर चली गई।

चार बजे के क़रीब घर के सामने जीप रुकी तो एक क्षण के लिए भी अनुमान लगाने की आवश्यकता नहीं हुई। हाथ की बिनाई पलंग पर पटककर स्वागत के लिए सुषमा बाहर निकली। बिन्नी से चाहकर भी दरवाज़े से आगे नहीं बढ़ा गया। सुषमा ने कुछ इस आत्मीयता से नन्दन को लिया मानो उसकी पुरानी परिचिता हो, पर बिन्नी उनके बरामदे में आने और परिचय करवाने के बाद ही नमस्कार कर सकी।

परसों से ही सुषमा ने कमरा अच्छी तरह सजा रखा था। "हम तो कल से ही आपकी राह देख रहे थे।"

नन्दन ने एक उड़ती-सी नज़र कमरे पर डाली तो सुषी के चेहरे पर सन्तोष का भाव उभर आया। उसका सजाना व्यर्थ नहीं गया।

"कल दोपहर में तो पहुँचा ही था—कुछ लोग आ गए, काम का प्लान डिस्कस करना था सो शाम उसी में बीत गई।"

फिर रसगुल्ले का टिन बढ़ाते हुए बोला, "इसे सँभालिए। सारे रास्ते मुश्किल से अपने को रोकता आया हूँ। कलकत्ते में रहकर भी रसगुल्ले मेरी कमजोरी है।" और वह खुलकर हँस पड़ा।

तब बिन्नी के मन में कहीं कुंज की हँसी कौंधी। उसने पहली बार भरपूर नज़र से नन्दन को देखा। अपेक्षाकृत थोड़ा दुबला और लम्बा। रंग थोड़ा साँवला पर चमकता हुआ चौड़ा ललाट और सिर पर घुँघराले बाल। तभी लगा जैसे अदृश्य रूप में कुंज भी नन्दन के साथ-साथ ही आया है।

बिना परिचय के बातचीत का आधार दिनेश भैया का परिवार ही हो सकता था, पर सुषमा ने नन्दन से ही सीधा सूत्र जोड़ा। उसके अनेकानेक आत्मीय प्रश्नों ने अपरिचय के इस बोध को टिकने नहीं दिया—"सफ़र में तकलीफ़ तो नहीं हुई? ठहरने की जगह पसन्द है? असुविधा न हो तो यहाँ आकर ठहरिए, हमें बड़ी खुशी होगी—जैसे दिनेश भैया वैसे आप—कितने दिन ठहरेंगे—क्या कार्यक्रम रहा करेगा?"

और बिन्नी सोच रही थी कि वह भी इसी सहज भाव से क्यों नहीं हँस-बोल पा रही है। वह तो इस तरह बैठी है, मानो नन्दन उसे देखने

आया है और वह लाज से सिमटी जा रही है। इस भावना मात्र से वह बेचैन हो उठी, मन हुआ एक चक्कर भीतर का ही लगा आए। तभी माँजी चाय की ट्रे ले आईं तो बिन्नी को जैसे सक्रिय होने के लिए आधार मिल गया।

"बिन्नी जी, आपको दिनेश बहुत याद करते हैं और मिकी-पिन्टू ने तो आदेश दिया है कि बुआ को साथ ही लेते आइए।"

चाय का प्याला बढ़ाते हुए बिन्नी ने नन्दन को देखा—क्या सचमुच उसे सबने बुलाया है या कि...क्या भैया ने नन्दन को इस तरह का कोई संकेत दे रखा है?

"यहाँ आपका काम क्या रहेगा? किस प्रोजेक्ट पर आए हैं आप?" इतनी देर में बिन्नी की ओर से पहला प्रश्न था।

"हमें विभिन्न प्रान्तों के आदिवासियों की विवाह-पद्धति पर तथ्य इकट्ठे करने हैं।"

"यह तो बड़ा दिलचस्प काम है!"

"ओह, बड़ा दिलचस्प। वेरी इंटरेस्टिंग। मैं तो चकित हूँ कि इस अकेले देश में कितनी तरह के रस्म-रिवाज हैं!" और फिर बातें विभिन्न प्रकार की विवाह-पद्धतियों पर ही चल पड़ीं। नन्दन जब जाने लगा तो यह तय हुआ कि जब भी वह खाली होगा, बिना किसी औपचारिकता के यहाँ आ जाया करेगा। यहाँ के जो तीन-चार दर्शनीय स्थान हैं, वे साथ ही देखे जाएँगे।

उस दिन चले जाने के बाद भी बड़ी देर तक नन्दन उस घर में बना रहा।

बीतते अक्टूबर की साँझ। बिन्नी छत पर चली आई। सामने सड़क पर गायों का एक झुंड सारे वातावरण को मटमैला बनाता हुआ गुज़र गया है। पीछे के मैदान में गुल्ली-डंडा खेलते हुए बच्चों का शोर बहुत साफ़ सुनाई दे रहा है। बिन्नी निरुद्देश्य-सी वही सब देख रही है।

उस दिन के बाद तीन दिन बीत गए, नन्दन नहीं आया। यों वह कह गया था कि दो-दो तीन-तीन दिन के अन्तराल से ही वह आ पाएगा, फिर भी हर दिन सुषमा ने उसकी राह देखी है, शायद बिन्नी ने भी। नन्दन के आगमन ने बिन्नी और सुषमा के बीच आ गए खिंचाव को अनायास ही तोड़ दिया था। पर आज सवेरे जब से कुंज का पत्र आया है, सुषमा फिर चुप है। बिन्नी जानती है कि चौदह साल पुरानी इस घनिष्ठ मैत्री का आज अपना कोई अस्तित्व नहीं रह गया है। दूसरे ही उसके निर्णायक हो गए हैं। बस, सवेरे से वह अकेली अपने कमरे से उठकर कभी सामने के छोटे-से लॉन में गई है तो कभी पीछे के आँगन में। नई आई पत्रिका की हर कहानी उसने शुरू की है, पर पूरा किसी को नहीं किया। दिन में एक घंटा लेटी भी है, पर नींद एक मिनट को नहीं आई। सुषमा तनाव के ऐसे क्षणों में भी कैसे इतनी सहज रह लेती है? सवेरे से ही वह श्यामजी के लिए स्वेटर बना रही है। बिन्नी अपना मन ऐसे कामों में ज़रा भी नहीं लगा पाती। आज तो उसे खुद विश्वास नहीं होता कि कभी वह और सुषमा होड़ लगाकर सिलाई, कढ़ाई और बिनाई किया करती थीं। घंटों घूम-घूमकर साड़ियाँ और चूड़ियाँ खरीदती थीं। सुषी को आज भी इन सारे कामों में वैसी ही रुचि है, यह तो बिन्नी ही है जो बदल गई है।

उसने माँजी की खाट बिछाई और बाँह का तकिया बनाकर चित्त लेट गई। कुंज ने उसे अब पत्र क्यों लिखा? कई बार उसने वह पत्र पढ़ा है। वे ही शब्द—कुछ प्यार के, कुछ मज़बूरी के, कुछ अपनी आस्था और मान्यताओं के। भावनाओं की लाश ढोते हुए वे शब्द उसे अब कहीं नहीं छूते। वह जानती है यह मात्र एक औपचारिकता है, जिसे निभाने के लिए कुंज मज़बूर है। वह आज तक नहीं समझ पाई कि कुंज उससे आखिर चाहता क्या है? सुषमा की बात तो उसे भीतर तक कँपा देती है। सुषमा कुंज को लेकर बहुत संकीर्ण और कटु हो गई है। आज से पाँच साल पहले तक कुंज दुनिया का सबसे उत्कृष्ट व्यक्ति

था। आज सबसे निकृष्ट। सारी मजबूरियों के बावजूद वह उसे माफ नहीं कर पाती। उसे वह मज़बूरी ही नहीं लगती। वह कभी सुषमा की बात से सहमत नहीं हो पाई है, पर सुषमा अपनी हर बात दावे के साथ कहती है—व्यक्तियों का विश्लेषण करने की अपनी क्षमता पर उसे गर्व है। बिन्नी का न कोई ऐसा दावा है, न गर्व। वह तो जितना सोचती है, उतना ही उलझती जाती है और फिर उसका दिमाग़ सुन्न हो जाता है।

"बिन्नी!"

बिन्नी ने ज़रा-सा सिर उठाकर देखा तो सीढ़ियों पर सुषी खड़ी थी।

"नन्दन आए हैं।" और वह जैसे आई थी, वैसे ही लौट गई। बिन्नी क्षण-भर यही सोचती रही कि यह मात्र सूचना है या बुलावा। फिर वह उठी। खड़े होते ही सामने फाटक पर जीप खड़ी दिखाई दी। आश्चर्य है, उसने जीप की आवाज़ तक नहीं सुनी!

नीचे उतरकर उसने साड़ी और बाल ठीक किए। ख़याल आया सुषमा ने सूचना देने के लिए ऊपर आने का कष्ट यों ही नहीं किया। वह चाहती है कि नन्दन के सामने बिन्नी ठीक से ही आए। उसका अपना मन हो रहा है कि कम-से-कम वह साड़ी बदल ही ले—पर फिर वह यों ही घुस गई।

बिन्नी के घुसते ही नन्दन ने स्वागत किया, "आइए बिन्नीजी!" तो बिन्नी को लगा यह बात या ऐसी ही कोई बात तो उसे कहनी चाहिए थी। वह मुस्कराकर बैठ गई।

नन्दन बात का टूटा सूत्र जोड़कर फिर सुषमा के साथ व्यस्त हो गया। यहाँ के आदिवासियों की तलाक़ की प्रथा पर बात हो रही थी शायद। बिन्नी का मन बात में नहीं है—रह-रहकर उसकी नज़र नन्दन की बाईं कनपटी पर बने घाव के निशान पर चली जाती है। वह सोच रही है—किस चोट का होगा यह निशान, कैसे लगी होगी?

"आप लोग अनुमति दें तो एक सिगरेट पी लूँ?" और अनुमति

का अवसर दिए बिना ही उसने जेब से सिगरेट और लाइटर निकाला। लाइटर देखकर बिन्नी चौंकी। कुछ-कुछ इसी तरह का लाइटर उसने कुंज को उपहार में दिया था।

"नहीं, आज वह केवल नन्दन से ही मिलेगी।" भीतर-ही-भीतर उसने जैसे निश्चय किया।

सुषमा किसी बात पर नन्दन से बहस करने लगी है शायद। बिन्नी सुन अवश्य रही है, पर केवल सुन-भर रही है। उसे लग रहा है जैसे कुछ ध्वनियाँ हैं, जो कमरे में तैर रही हैं, कुछ शब्द हैं, जो कमरे में बिखरे हुए हैं—विवाह, प्रेम, तलाक़, आज का जीवन...।

एकाएक बिन्नी अपने चेहरे पर नन्दन की सीधी नज़रें महसूस करती है। उसकी नज़रें हैं कि उसे कहीं भीतर से खींचकर बाहर ले आती हैं।

"आप इस विषय पर क्या सोचती हैं बिन्नी जी?"

बिन्नी चुप! उसे पता ही नहीं, विषय क्या है? पर नन्दन की नज़रें हैं कि हट नहीं रही हैं। तब किसी तरह होंठों पर जबरन हलकी-सी मुस्कराहट खींचकर धीरे से वह कहती है, "मैं इन विषयों पर कुछ भी नहीं सोचती?"

"लीजिए, तब आप क्या सोचती रहती हैं इतना चुप-चुप रहकर? आत्मा-परमात्मा की बातें?" और वह हँसा तो बिन्नी के मन में पहली बात आई—नन्दन जानता है कि वह दर्शनशास्त्र पढ़ाती है। और क्या-क्या जानता है उसके बारे में?

"सुषमाजी, आप तो इतना बोलती हैं पर अपनी मित्र को बोलना नहीं सिखाया आपने?"

और जब सुषमा ने भी हँसते हुए कहा, "दोनों ही इतना बोलने लगेंगे तो फिर सुनेगा कौन नन्दनजी, किसी को तो श्रोता होना ही चाहिए।" तो वह बड़ी देर तक यही सोचती रही कि कितना अच्छा होता यदि यही बात वह कह पाती। उसने एक बार अपने को पूरी तरह झकझोरना चाहा। चाहा कि वह भी उनकी बातों में, उनकी हँसी में

खुलकर भाग ले सके। जो कुछ कहा-सुना जा रहा है, उसे मात्र सुने ही नहीं समझे भी।

उसे क्या होता जा रहा है? आज सबेरे से उसने कितनी बार कुंज का पत्र पढ़ा है, पर हर बार उसे लगा जैसे वे निरे वाक्य हैं, अर्थहीन और बेजान! केवल आज से ही नहीं, पिछले कुछ दिनों से बराबर उसे यही लग रहा है कि जैसे सब चीज़ों के, सब बातों के, सब सम्बन्धों के अर्थ चुक गए हैं। देखा, सुना, पढ़ा कुछ भी तो उसकी समझ में नहीं आता है। और यही अर्थहीनता फैलते-फैलते उसके जीवन में समा गई है। सामने बैठा यह नन्दन उसे केवल एक आकार मात्र लग रहा है। उससे अधिक उसका या उसकी बातों का कोई भी तो अर्थ उसकी समझ में नहीं आ रहा है। धीरे-धीरे शायद यह फैलती ही चली जाएगी, फैलती ही चली जाएगी...।

बिन्नी एकाएक उठकर भीतर चली गई। भीतर जाकर और कुछ समझ में नहीं आया तो माँजी की मदद करने के लिए रसोईघर में चली गई।

आँखों के आगे गहरी धुँध छा गई थी।

थोड़ी देर बाद एक ट्रे माँजी के हाथ में और एक अपने हाथ में लेकर जब वह चली तो आँखें सूखी थीं और हर चीज़ उसे बहुत साफ़ दिखाई दे रही थी।

इस बीच कमरे में बत्ती जला दी गई थी और उस दूधिया आलोक में वह कमरा, कमरे की हर वस्तु और सामने बैठा नन्दन उसे एक बार बिलकुल नया-सा लगा।

पता नहीं किस बात पर नन्दन हँस रहा था। उसे देखते ही बोला, "देखिए बिन्नी जी, मैं इनसे कह रहा हूँ कि कहाँ आपने भी अकेले-अकेले श्यामजी को दो साल के लिए विदेश भेज दिया। कहीं मेम-वेम ले आए तो...।"

बीच में ही सुषमा सुर्ख होती हुई बोली, "ऐसा कभी हो ही नहीं सकता। वे तो कभी ऐसा कर ही नहीं सकते। दो साल क्या, पाँच साल के लिए भी रह लें तो...!"

और सुर्खी उसके गालों से फैलकर कानों तक को लाल कर गई। चाय बनाते-बनाते बिन्नी के मन का कोई अदृश्य कोना बुरी तरह कराह उठा—काश! वह भी किसी को लेकर इतने ही विश्वासपूर्ण ढंग से कह पाती। किसी का सम्पूर्ण और एकनिष्ठ प्यार उसके गालों पर भी ऐसी ही सुर्खी पोत पाता।

अनायास ही उसकी नज़र नन्दन की ओर उठ गई।

फाटक पर खड़े-खड़े ही आनेवाली सन्ध्याओं का कार्यक्रम बन रहा है। अभी-अभी सामने से गायों का एक झुंड गुजर चुका है। धूल का गुबार और गले में बँधी घंटियों की आवाज़ धीरे-धीरे दूर होती जा रही है।

तीसरी बार और अन्तिम बार नमस्कार करके नन्दन जीप में बैठ गया। घर्र-घर्र के जोरदार शब्द में एक क्षण को और सारी ध्वनियाँ जैसे डूब गईं।

कच्ची सड़क पर पहियों के गहरे निशान छोड़कर नन्दन की जीप दूर जाकर अदृश्य हो गई।

बिन्नी और सुषमा के बीच में से केवल नन्दन ही नहीं गया, वह अपने साथ दोनों के बीच सवेरे से आए तनाव को भी ले गया।

गायें चली गईं, जीप चली गई। केवल वे शब्द, वे ध्वनियाँ बड़ी देर तक बिन्नी के मन में गूँजती रहीं।

रात में बिन्नी सोई तो सुषमा उसके बालों को सहलाते हुए समझा रही थी, "देख बिन्नी, अब पागलपन मत करना। नन्दन जैसा आदमी तुझे मिलेगा नहीं। दिनेश भइया ने आखिर कुछ सोचकर ही इतनी बार लिखा। इन हवाई बातों में कुछ नहीं रखा है, ज़िन्दगी अपने ढंग से ही चलती है।"

और मन में कहीं कुंज के शब्द टकरा रहे थे, 'हम उस अभागी पीढ़ी के हैं बिन्नी, जो नए विचारों और नई भावनाओं को जन्म देने में हमेशा ही खाद बन जाती हैं।'

पूरी तरह खाद बना हुआ–किसी भी बात को ग्रहण करने में असमर्थ बिन्नी का मन केवल यही चाह रहा था कि वह खूब-खूब रो ले।

सर्दी के वे दिन बड़े मनहूस और उदास बीते थे। उसने तभी महसूस किया था कि आदमियों की भी अपनी एक गर्मी होती है। सारे घर में किसी को न देखकर सर्दी जैसे फैल-पसरकर बैठ गई थी। नैनीताल जाने से पहले वह 'कुछ सुखों' से अपरिचित थी, पर अब रात में जब शरीर की अपनी भूख जागती तो अपने को साधना उसके लिए कठिन हो जाता।

उसने कुंज को लिखा था कि तुम जैसे भी हो एक सप्ताह के लिए आ जाओ। पर कुंज व्यस्त था और कुंज की व्यस्तता उसकी इच्छा से बड़ी थी। बिन्नी जानती है कि कुंज के सारे समय पर उसका अधिकार नहीं है, केवल उसका खाली समय ही बिन्नी के लिए है। खाली समय में भी यदि वह चाहे तो। तब उसने मन-ही-मन निर्णय लिया था कि वह जैसे भी होगा अपनी ज़िन्दगी को नया मोड़ देगी, अपने को इस मोह से मुक्त करेगी। पर कुंज के पत्रों के सामने उसके सारे निर्णय गल गए थे और अपने को मोड़कर वह कहाँ ले जाए, इस असमंजस में लौटकर फिर कुंज के पास ही आ गई थी।

पर अब?

कल नन्दन चला जाएगा।

उसके बाद जब भी नन्दन आया, वे लोग साथ घूमने गए। लौटकर साथ खाना खाया। यह सुषमा का विशेष आग्रह था। सुषमा नन्दन, नन्दन की आत्मीयता, उसके स्वभाव को लेकर बहुत प्रसन्न है। बिन्नी

केवल इतना महसूस कर पाई है कि पिछली दो मुलाक़ातों में वह उनके बीच अकेला ही रहा है। कुंज अनुपस्थित होता चला गया।

आज का प्रोग्राम यों बना था कि नन्दन गेस्ट-हाउस से सीधे झील पर पहुँचेगा और ये दोनों घर से जाएँगी। जाने का समय हुआ तो सुषमा ने कहा, "बिन्नी, आज तू अकेली ही चली जा।"

"क्यों?" आश्चर्य से बिन्नी ने पूछा।

"मैं कह रही हूँ इसलिए।" फिर रुककर बोली, "हो सकता है वे तुमसे कुछ बात ही करना चाहते हों।"

बिन्नी चुप रही। पर इस मौन में सुषमा का प्रस्ताव मानने की स्वीकृति नहीं थी।

"देख बिन्नी, आज तक तू जो कुछ सही-गलत करती आई, मैंने इच्छा या अनिच्छा से तेरा साथ दिया। पर आज मेरा इतना-सा आग्रह तुझे रखना ही होगा।" और बिन्नी की कुर्सी के हत्थे पर बैठकर ही वह उसकी पीठ सहलाने लगी।

सुषमा के इस अभिभावकपन से बिन्नी के अहं को पहले कभी-कभी बड़ी ठेस लगा करती थी, पर अब वह उसकी आदी हो गई है। बल्कि अब तो वह उससे ऐसे व्यवहार की अपेक्षा करती है।

"देख, नन्दन कोई संकेत दे तो पत्थर बनकर मत बैठी रहना।" तो बिन्नी का मन भीतर से हँसा भी, रोया भी। क्या-क्या सोचती है यह सुषमा भी। आखिर सुषमा ने उसे अकेले जाने पर मज़बूर कर दिया।

बिन्नी जब पहुँची तो दूर से ही देखा, नन्दन उसकी प्रतीक्षा कर रहा है। पता नहीं क्या बात है कि चाहकर भी वह कभी समय पर नहीं पहुँच पाती है। एक बार सुषी इतनी ख़ीज पड़ी थी कि बद्दुआ देती-सी बोली थी, 'भगवान करे कभी तुझे ज़िन्दगी-भर प्रतीक्षा करनी पड़े।' तब उसने कल्पना भी नहीं की थी कि किसी पहुँचे हुए ऋषि की तरह उसका शाप बिन्नी के जीवन का सबसे बड़ा, सबसे कटु सत्य बनकर रह जाएगा।

सुषी तो शायद भूल भी गई होगी, पर बिन्नी का तो मन ही ऐसा है कि हर बात वहाँ खुदकर रह जाती है।

एक क्षण चुपचाप खड़े रहने के बाद धीरे-से बिन्नी ने कहा, "नमस्कार", तो नन्दन चौंककर पीछे को घूमा। बिन्नी ने देखा, टी-शर्ट ने उसकी उम्र के दो-तीन साल कम कर दिए हैं।

"सुषमाजी कहाँ हैं?" उसने सिगरेट को होंठों से निकालते हुए पूछा।

"सुषी नहीं आई," और अपनी बात की प्रतिक्रिया जानने के लिए उसने एक क्षण को नन्दन के चेहरे की ओर देखा। पर तभी उसे स्वयं यों अकेले चला आना बड़ा अज़ीब-सा लगा। क्या सोचेंगे नन्दन! बात को सँभालते हुए बोली, "वह आज आपके लिए एक स्पेशल डिश बनाने के लिए घर पर ही रुक गई।"

"लीजिए, आज तो हमारा फेयरवेल-डिनर है। मुझे ठीक आठ बजे गेस्ट-हाउस पहुँच जाना है, वहाँ सब मेरा इन्तजार करेंगे।"

"पर यह तो पहले ही तय हो चुका है कि हम लोग जब भी घूमने का प्रोग्राम रखेंगे, तब आप खाना साथ ही खाएँगे। फिर यों भी आज तो आपका आखिरी दिन है।" कहने के साथ ही लगा कि कहीं नन्दन अभी सुषमा के पास जाने का प्रस्ताव न रख दे। पर नन्दन ने केवल इतना ही कहा–

"क्या करता, उन लोगों का बहुत आग्रह था।" और धुआँ छोड़ता हुआ नन्दन झील की ओर देखने लगा। बिन्नी ने सोचा–सुषमा के बिना वह क्या बात करेगी नन्दन से? नन्दन को क्या सचमुच उससे कुछ कहना है? आज कुछ कहेगा वह?

"चलिए, हम उसी कच्ची जगह पर बैठें।" और कहने के साथ ही नन्दन चल पड़ा। बिन्नी चुपचाप उसके बराबर चलने लगी। घाट के आख़िरी सिरे पर थोड़ी-सी जगह कच्ची छूट गई है, जहाँ पानी में पैर डालकर बैठा जा सकता है। वह हिस्सा अपेक्षाकृत सुनसान भी है, लोग अधिकतर पक्के किनारे पर ही घूमते हैं।

वहाँ पहुँचकर नन्दन ने जेब से रूमाल निकाला और बिछाकर बोला, "आप इस पर बैठिए।"

"नहीं, मैं वैसे ही बैठ जाऊँगी।" बिन्नी को स्वयं अपना स्वर बहुत मद्धिम लगा।

"आपकी साड़ी खराब हो जाएगी मैडम।" और उसने भरपूर नज़रों से बिन्नी को ऊपर से नीचे तक देखा तो बिन्नी भीतर तक सिमट गई। चन्देरी की हलकी पीली साड़ी का गहरा चटक बैंगनी बॉर्डर और ज़्यादा मुखर लगने लगा। उसे यह साड़ी पहनकर नहीं आना चाहिए था। क्या सोचा होगा नन्दन ने? वह अपनी ओर से ऐसी किसी बात का संकेत नहीं देना चाहती। अच्छा हुआ उसने बालों में लगे बैंगनी फूल के गुच्छे को रास्ते में ही निकाल दिया, जो चलते समय सुषमा ने हँसते हुए खोंस दिया था।

ख़याल आया, मेरठ में घरवालों से छिपकर जब वह कुंज से मिलने जाया करती थी तब भी सुषमा इसी तरह अपने घर ले जाकर उसे अपनी चीज़ें पहना दिया करती थी। कुंज हो, नन्द हो, सुषमा के लिए कोई फर्क नहीं पड़ता शायद। और उसे?

"आप संकोच मत करिए, बैठ जाइए।" और वह बैठती उसके पहले ही नन्दन पूरा पैर फैलाकर बड़ी बेतकल्लुफी से बैठ गया। तब बिन्नी भी रूमाल पर बैठ गई।"

"आपकी यह झील मुझे बहुत ही पसन्द आई। जानती हैं, कल रात को पता नहीं क्यों नींद उचट गई। बहुत कोशिश करने पर भी जब सो नहीं सका तो उठकर यहाँ चला आया। रात के सन्नाटे में किनारे पर बैठकर बड़ी ही विचित्र अनुभूति हुई। अद्‌भुत!"

और बिन्नी सोच रही थी—नन्दन के नींद न आने का कारण क्या रहा होगा? रात बारह बजे के क़रीब सुषमा उससे बातें करके सोई थी, पर वह उसके बाद भी बड़ी देर तक सामने लगे युकलिप्ट्स के ऊँचे-ऊँचे पेड़ों की कतार में नज़र उलझाए न जाने क्या-क्या गुनती-बुनती रही थी।

एक बार और

अक्सर ही सुषमा जब सो जाती है तो अनचाहे ही कुंज उसके मन में जाग जाता है। आज भी सुषमा की अनुपस्थिति में उसे हलके-से कुंज की उपस्थिति का अहसास हो रहा है।

नन्दन एकटक सामने की झील को देख रहा था। इस समय भी क्या वह किसी अनुभूति के क्षणों में से गुजर रहा है! झील का पानी एकदम शान्त था और सामने की त्रिभुजाकार पहाड़ियों की पूरी कतार पानी में तैर रही थी।

''आप और सुषमा जी बहुत ही घनिष्ठ हैं न? दिनेश बता रहे थे।''

'घनिष्ठ'—बिन्नी को सुषमा के सम्बन्ध के लिए यह शब्द बहुत ही हलका लगा।

''हूँ। मेरठ में हमारे घर लगे हुए थे सो सारा परिवार ही यों तो बहुत घनिष्ठ हो उठा था। फिर हम हम-उम्र और एक साथ पढ़नेवाले। आठवीं से लेकर एम.ए. तक एक साथ पढ़े। इसके बाद इसने शादी कर ली और मैंने यहाँ नौकरी कर ली। शादी के एक साल बाद ही श्याम जी विदेश चले गए दो साल के लिए, तो मैंने आग्रह करके अपने पास बुला लिया। जनवरी में आकर वे इसे भी अपने साथ ले जाएँगे।'' फिर एक क्षण ठहरकर बोली, ''मेरे लिए तो फ्रेंड, फिलॉसोफर, गाइड सभी कुछ है।'' मन में कहीं कौंधा—पितु-मातु-सहायक-स्वामी-सखा' कुंज कहा करता था।

''इनके जाने से तो आप बहुत अकेली हो जाएँगी?'' और सिगरेट का आखिरी कश खींचकर, ज़रा-सा आगे को झुककर उसने टोंटे को पानी में उछाल दिया। वह जलता हुआ टुकड़ा 'डुप' से पानी में डूब गया और छोटे-छोटे नामालूम से वृत्त पानी की सतह पर फैलते ही चले गए। उन वृत्तों को बिन्नी ने भीतर तक उतरते हुए महसूस किया।

''इसमें सन्देह नहीं कि यह जगह बहुत खूबसूरत है, पर हमेशा यहाँ रहना पड़े तो आदमी शायद बुरी तरह बोर हो जाए। आपको ऐसा नहीं लगता?'' नन्दन के स्वर की आत्मीयता बिन्नी को अच्छी लगी।

"कोई खास नहीं। अब तो कॉलेज खुल गए सो दिन वहाँ गुजर जाता है और शाम अपनी झोंपड़ी में या इस झील के किनारे।"

"आप कलकत्ता क्यों नहीं आ जातीं? वहाँ दिनेश भी है, फिर काम के अलावा और पचास तरह की एक्टिविटीज हैं। यहाँ तो मुझे कुछ भी नज़र नहीं आता।"

बिन्नी ने गौर से नन्दन को देखा। इस निमन्त्रण के पीछे, इन आग्रह-भरे शब्दों के पीछे कुछ और भी अर्थ लिपटे हैं या नहीं? क्या नन्दन सचमुच चाहता है कि बिन्नी कलकत्ता चली जाए।

"मुझे बड़े शहरों की भीड़-भाड़ पसन्द नहीं। शुरू से ही छोटी जगहों पर रही हूँ।"

"और कुछ चुप्पी भी हूँ, इसलिए सबकुछ चुप-चुप अच्छा लगता है।" हँसते हुए नन्दन ने बिन्नी के वाक्य को जैसे पूरा किया तो बिन्नी भी हँस पड़ी।

"सचमुच, आप बहुत इंट्रोवर्ट हैं। इतना चुप-चुप रहकर दम नहीं घुटता आपका? इस उम्र में तो आदमी को खूब बोलना चाहिए, खुलकर हँसना चाहिए। नहीं? सुषमाजी को देखिए, कितना हँसती-बोलती हैं।" तो ऊपर से वह मुस्करा दी। भीतर-ही-भीतर लगा, काश! उसकी ज़िन्दगी भी सुषमा की तरह होती—निश्चिन्त और आश्वस्त।

नन्दन ने जेब से दूसरी सिगरेट निकाली और उसे सुलगाकर कुछ सोचते हुए बोला, "अच्छा, एक बात बताइए।" फिर जाने क्या सोचकर रुक गया। आँखों में प्रश्नवाचक भाव आँजे बिन्नी एकटक नन्दन को देखती रही।

"देखिए, कुछ ग़लत मत समझिए। यों ही मेरे मन में कुछ जिज्ञासा है।"

बिन्नी को अपने हृदय की धड़कन तक सुनाई देने लगी—सीधे ही कुछ पूछ लिया तो?

"सुषमाजी और श्यामजी के सम्बन्ध तो बहुत अच्छे हैं न?"

"हाँ, क्यों?" विस्मय से बिन्नी ने पूछा।

"उन्होंने दुनिया-भर की बातें की, पर श्यामजी के बारे में पूछने पर ही कुछ बताया, जबकि औरतों के पास बात करने के लिए पति-पुराण के सिवाए और कोई विषय ही नहीं होता।" और नन्दन हँस पड़ा।

बिन्नी के मन में मुक्ति और हलकी-सी निराशा की भावना एक साथ ही जागी। "बहुत-बहुत अच्छे हैं। मैंने तो ऐसा डिवोटेड-कपल नहीं देखा।" और कहने के साथ ही उसके अपने भीतर कहीं एक बिखरा स्वप्न कसमसा उठा।

"उनको देखकर तो मुझे भी यही लगता है, पर जब-जब वे मिलीं उनकी प्रेम और विवाहवाली बातों से लगा, जैसे ये मात्र जिज्ञासाएँ नहीं हैं, मानो इनका सम्बन्ध कहीं व्यक्तिगत जीवन से जुड़ा हुआ है।"

एक क्षण को बिन्नी भीतर तक सिहर उठी, फिर जल्दी ही अपने को सहज बनाती-सी बोली, "उसकी तो आदत है कि किसी बात के पीछे पड़ जाती है तो जब तक उसका रेशा-रेशा न उधेड़ दे, उसे चैन नहीं मिलता।" वह मुस्करा दी।

"रियली शी इज ए नाइस लेडी।" फिर सिगरेट के दो कश एक साथ खींचकर उसने कहा, "ये सोलह दिन कैसे निकल गए, पता ही नहीं लगा। दिनेश ने मुझे कहा था कि खाली समय के लिए यू विल फाइंड देम ए गुड कम्पनी। आप लोगों के साथ बिताए ये दिन याद आएँगे। खासकर झील के किनारे की ये शामें।" बिन्नी को लगा जैसे नन्दन का स्वर कहीं दूर से आकर उसके मन की गहराइयों में गूँजता चला जा रहा है और अर्थ है कि खुलते चले जा रहे हैं। सुषमा की बात याद आई, 'कोई संकेत दे तो पत्थर होकर मत बैठना' और उसकी तेज निगाहें नन्दन के मन तक पहुँचने के लिए छटपटाने लगीं। पर नन्दन अपने में ही खोया-सा झील की ओर देख रहा था।

चुपचाप बिन्नी घुटने पर ठोढ़ी टिकाए उँगली से जमीन पर आड़ी-टेढ़ी लकीरें बनाने लगी।

समय के साथ-साथ उसकी बेचैनी बढ़ने लगी। एक बार उसने उड़ती-सी नज़रों से नन्दन की ओर देखा भी और उसे लगा जैसे नन्दन

शब्द ढूँढ़ रहा है। ऐसा कुछ कहने के पहले शायद आदमी इसी तरह चुप हो जाता है। वह शब्द ढूँढ़ता है, मन-ही-मन उन्हें दोहराता है, साहस जुटाता है, सामनेवाले पर होनेवाली प्रतिक्रिया के लिए अपने को तैयार करता है। क्या कहेगा नन्दन?''

''दिनेश आपसे पाँच साल बड़े हैं न?''

''हूँ,'' मन की खीज दबाते हुए उसने कहा।

''बहुत बातें किया करते हैं वे आपकी।'' तो बिन्नी का मन हुआ कि पूछे कि भैया उसके बारे में क्या-क्या बातें करते हैं।

''आप पिछले दो सालों से कलकत्ता क्यों नहीं आईं?''

''बस, उधर का प्रोग्राम ही नहीं बना।''

''इस बार क्रिसमस में आइए। उन दिनों कलकत्ता बहुत प्लेजेंट हो उठता है। देखिए तो, उस शोर-शराबे का भी अपना एक आनन्द होता है। फिर मैं आप लोगों को क़तई ऊबने नहीं दूँगा।''

इस आग्रह से बिन्नी कहीं आर्द्र हो उठी। इच्छा हुई खुलकर कह दे—नन्दन, मैं बहुत-बहुत ऊबी हुई हूँ, इस नौकरी से, इसी ज़िन्दगी से। पर वह कुछ नहीं कह पाई, केवल कुछ और सुनने की आशा से नन्दन की ओर देखती रही।

देखते-ही-देखते अँधेरा आसमान से उतरकर सबको धूमिल बनाता हुआ पानी में घुल गया और उसने झील में तैरते हुए पहाड़ों को निगल लिया। तभी एकाएक घाट की सारी बत्तियाँ जल उठीं और झील में एक सिरे से दूसरे सिरे तक सुनहरी खम्भे झिलमिलाने लगे।

''बिन्नी जी,'' उसे लगा जैसे नन्दन का हाथ उसके कन्धे पर आ गया है। उसने चौंककर देखा—नहीं, नन्दन वैसे ही दोनों फैली हुई हथेलियाँ पीछे टिकाए बैठा है। उसने साड़ी का पल्ला खींचकर अपना कन्धा ढक लिया। उसे ऐसा क्यों लगा? नन्दन को क्या एक बार भी ख़याल नहीं आया कि वह भी तो एक तरीका हो सकता है।

अभी कुंज होता तो?

"आप बुरा न मानें तो मैं यहाँ थोड़ी देर लेट लूँ।" और बिन्नी कुछ कहती उसके पहले ही बिना उससे पूछे उसने बिन्नी का पर्स उठाया और उसका तकिया बनाकर चित्त लेट गया।

बिन्नी को हलकी-सी निराशा हुई। क्या वह कुछ देर और बात नहीं कर सकता था? पर साथ ही वह आश्वस्त भी हुई। वह लौट चलने की बात भी तो कह सकता था। नहीं, वह लेटकर शायद अपने को साध रहा है। बिन्नी को भी समय दे रहा है। हो सकता है कि इस बार उठकर साफ़-साफ़ ही पूछे। बिन्नी ने ज़रा-सा सिर घुमाकर नन्दन की ओर देखा—छाती पर दोनों हाथों का क्रास बनाए आँख बन्द किए नन्दन चित्त लेटा था। एक झटके-से सारा दृश्य बदल गया।

रीगल के सामने के मैदान का ऐसा ही अँधेरा कोना था और ठीक इसी तरह मुँह पर रूमाल डाले कुंज लेटा था। मुड़े हुए दोनों घुटनों को बाँहों में घेरकर उस पर गाल टिकाए बिन्नी बैठी थी।

दुविधा के ऐसे ही क्षण उन दोनों के बीच में से भी गुजर रहे थे। कनॉट प्लेस की सारी चहल-पहल से अछूता उसका मन भी इस बात पर केन्द्रित हो आया था कि कुंज क्या कहेगा? बात टूटी भी तो ऐसी जगह थी कि...

"बिन्नी, झगड़ा किया तो तीन साल तक मुड़कर ख़बर तक नहीं ली। मैंने लिखा कि तुम यदि मुझसे सम्बन्ध नहीं रखना चाहती हो तो मेरे सारे पत्र लौटा दो और तुमने बिना एक क्षण भी यह सोचे कि मुझ पर उसकी क्या प्रतिक्रिया होगी, सारे पत्र लौटा दिए। मैंने भी समझ लिया कि तुमने पत्र नहीं, मेरी सारी भावनाएँ, मेरा सारा प्यार मुझे लौटा दिया। उस समय मेरे पास था ही क्या? बेकार, निठल्ला-सा घूमा करता था...तुमने सोचा होगा कौन लड़की मुझ जैसे व्यक्ति की ज़िन्दगी में आना पसन्द करेगी—बेकारी की मुसीबतों और परेशानियों से भरे वे दिन और ऊपर से तुम्हारा यों कटकर निकल जाना। कितना टूटा-टूटा

लगता था उन दिनों मुझे। कितना अकेला हो आया था उन दिनों मैं! और ऐसे में ही मधु जो आई तो बस आती ही चली गई।''

बिन्नी कुछ नहीं बोली थी। केवल उसकी आँखों से आँसू बहते रहे थे। कुंज उन आँसुओं के सामने जैसे बह-सा आया।

''अच्छा बिन्नी, मान लो मैं अपनी ज़िन्दगी के इन दो सालों को पोंछ दूँ और तुम्हारी ओर हाथ बढ़ाऊँ तो? पहले की तरह फिर तो छोड़कर नहीं चल दोगी न? मैं कहीं का भी नहीं रहूँगा।''

''अपनी ही बिन्नी पर तुम्हें विश्वास नहीं?'' भीगे से स्वर से वह केवल इतना ही कह पाई थी। फिर पूछा था, ''पर मधु का क्या होगा?''

''उसे समझाऊँगा, उसे समझना ही होगा।'' कहीं दूर खोया हुआ कुंज बोल रहा था। फिर एकाएक ही फूट पड़ा, ''पर क्या समझाऊँगा? उसका दोष ही क्या है जो उसे इतनी बड़ी सज़ा दूँ?''

और वह मुँह पर रूमाल डालकर घास पर चित्त लेट गया था। बिन्नी निःशब्द रोती रही थी। कनॉट प्लेस का सारा माहौल अपनी रफ्तार से पूरे शोर-शराबे के साथ गुजर रहा था।

थोड़ी देर बाद ही कुंज झटके से उठा था और उसका हाथ अपने हाथ में लेकर बोला था, ''व्ही आर मैरिड बिन्नी, व्ही आर मैरिड।''

बिन्नी अवाक-सी उसका मुँह देखने लगी—मानो उन शब्दों का अर्थ समझने की कोशिश कर रही हो। और तब कनॉट प्लेस की सारी लाल-नीली जगमगाती बत्तियाँ उसके चारों ओर सिमट आई थीं और आसमान के सारे तारे दिप्-दिप् करके उसी वाक्य को दोहराने लगे थे।

पर ठीक एक महीने बाद ही—

वह औंधी लेटकर रो रही थी—फूट-फूटकर और बिलख-बिलखकर और सुषी गुस्से में बावली हो, हवा में मुट्ठियाँ उछाल-उछालकर चिल्ला रही थी, 'झूठा, नीच, धोखेबाज!'

विवाह की सूचना देते हुए कुंज के पत्र के टुकड़े इधर-उधर छितरे पड़े थे।

"अब चला जाए।"

अपने में ही डूबी बिन्नी नन्दन का उठना नहीं जान सकी। पर इस वाक्य ने जैसे उसे कहीं गहरे पानी से उबार लिया। अनायास ही उसके हाथ आँखों पर चले गए, कहीं आँसू तो नहीं आ गए?

"यहाँ लेटा तो समय का कुछ ख़याल हीं नहीं रहा, वहाँ खाने पर सब मेरा इन्तजार कर रहे होंगे।" खड़े होकर कमीज़ और पतलून झाड़ते हुए कहा।

तब बिन्नी को ख़याल आया कि नन्दन को तो कुछ कहना था। वह आशा कर रही थी कि नन्दन कुछ कहेगा। उसने बड़ी याचना-भरी दृष्टि से देखते हुए कहा, "इन्तजार तो सुषमा भी कर रही होगी।" और अनमनी-सी बिन्नी उठी।

"मुझे बहुत-बहुत अफ़सोस है, क्या करूँ, आप मेरी ओर से माफ़ी माँग लीजिए। उनसे तो गुड-बाई भी नहीं हो सकी।"

बिन्नी घाट पर फैली रोशनी में धीरे-धीरे सरकती दोनों परछाइयों को देखते-देखते आगे बढ़ रही थी। ज़रा-सा आगे-पीछे होने पर दोनों परछाइयाँ एक-दूसरे में घुल-मिल जातीं।

घाट की अन्तिम बत्ती के नीचे नन्दन ने घड़ी देखी "आठ बीस।" फिर क्षमा याचना के स्वर में बोला, "आज तो मैं आपको छोड़ते हुए भी नहीं जा सकूँगा। रात हो गई है, आप अकेली...!"

"मेरी चिन्ता मत करिए, मैं चली जाऊँगी। खेत पार करके ही तो सड़क मिल जाएगी। शायद कोई ताँगा ही मिल जाए।

दोनों कच्चे रास्ते पर आए तो नन्दन ने जेब से टार्च निकालकर जला ली, "आपके पास टार्च भी नहीं है? खेत का यह रास्ता तो बड़ा ऊबड़-खाबड़ है। न हो तो आप मेरी टार्च ले जाइए।"

"नहीं-नहीं, आप ज़रा भी परेशान न हों। तीन सालों में इस रास्ते से बहुत परिचित हो गई हूँ। मुझे आदत है।"

और जहाँ दोनों के रास्ते अलग होते थे, नन्दन रुका, "अच्छा बिन्नी जी, अब आप कलकत्ते आएँगी तभी मुलाक़ात होगी। सवेरे तो

बहुत जल्दी ही हमको रवाना होना है, मिलने के लिए भी नहीं आ सकूँगा। सुषमा जी को नमस्कार कहिए और मेरा निमन्त्रण उन तक भी पहुँचा दीजिए।" फिर एक क्षण ठहरकर बोला, "धन्यवाद तो क्या दूँ, फिर भी आप लोगों के साथ समय बहुत अच्छा कटा।"

बिन्नी चुपचाप बस नन्दन के चेहरे को देखने की कोशिश करती रही।

"अच्छा बा-बाई," और उसने बिन्नी का हाथ अपने हाथ में लेकर हलके-से दबाकर छोड़ दिया।

किसी तरह शब्दों को ठेलकर बिन्नी ने कहा, "भैया-भाभी को याद करिएगा।"

"ज़रूर-ज़रूर।" और वह मुड़ गया।

बिन्नी पेड़ की आड़ में खड़ी होकर उसको देखती रही। अँधेरे में नन्दन की आकृति एक बड़े-से धब्बे में बदल गई, जो धूमिल और छोटी होते-होते पेड़ों के झुरमुट में अदृश्य हो गई।

अनमनी-सी बिन्नी खेत पार करके सड़क पर आई । घर अभी यहाँ से भी दूर था।

सड़क के दोनों ओर दूर-दूर तक मैदान फैले थे। सिर के ऊपर साफ़ नीला आकाश तना हुआ था, जिस पर सप्तऋषि मंडल का प्रश्नवाचक दिप्-दिप् करके चमक रहा था।

संख्या के पार

माँ आई और चली गई। कहते हैं माँ के प्यार और उसकी ममता की कोई बराबरी नहीं कर सकता, पर मैं नहीं जानती कि माँ का प्यार क्या होता है, उसकी ममता कैसी होती है? मैंने तो बचपन से ही आजी का प्यार पाया है, बाबा का प्यार पाया है, और उसके बाद संसार में मैंने कभी किसी चीज़ की कमी महसूस ही नहीं की—न पैसे की, न प्यार की। सब लोग ईर्ष्या करें—ऐसी पूर्णता है मेरे जीवन में। जिस दिन से होश सँभाला उसी दिन से देखती आई हूँ कि आजी सबसे ज़्यादा ख़याल घर में मेरा रखती हैं और बाबा सबसे ज़्यादा प्यार मुझे करते हैं। यह तो बाद में मालूम पड़ा कि बाबा-आजी मेरे माँ-बाप नहीं हैं।

धीरे-धीरे, छिपाए रखने के सारे प्रयत्नों के बावजूद यह सत्य मैं जान गई कि विधवा होने के बाद माँ किसी के साथ भाग गई। पिछले आठ वर्षों से मैं इस बात को जानती हूँ, पर एक दिन भी मैंने अपनी माँ के बारे में जानने की उत्सुकता प्रकट नहीं की। न यह कभी मेरे मन में आया कि माँ कैसी होगी—कहाँ होगी? बाबा को बेटी के इस कुकृत्य ने बहुत क्रोधी और चिड़चिड़ा बना दिया। कौन जाने उनके दिल के दौरे के पीछे भी यही ठेस हो!

लेकिन कल से मैं भी महसूस कर रही हूँ कि एक भारी परिवर्तन मुझमें हो गया है। कितना अच्छा होता कि कल से लेकर आज तक जो कुछ हुआ वह अनहुआ हो जाता।

आज माँ को देखकर लगा—मेरी शक्ल माँ से कितनी मिलती-जुलती है! मुझे यदि कोई नहीं बताता तब भी शायद मैं पहचान लेती कि यह मेरी माँ हैं। आज समझ रही हूँ कि बाबा मेरी सालगिरह के दिन क्यों रोए थे? उस दिन मैंने आजी के लाख मना करने पर भी एक ऐसे बक्स में से साड़ी निकालकर पहनी थी जिसे आजी कभी नहीं खोलती थीं। आजी जितना मना करती गईं, मैं भी उतनी ही जिद करती गई और उसे पहनकर ही मानी। पूरी तरह तैयार होकर जब मैं बाबा के पाँव छूने गई तो वे मुझे ऐसे घूर-घूरकर देखने लगे मानो पहले कभी देखा ही नहीं था। मैंने अपने सिर पर उनके हाथ का कम्पन महसूस किया। उठी तो कमरे के जगमगाते प्रकाश में मैंने देखा था कि सफ़ेद भौंहों के नीचे झुर्रियों की कटोरियों में बन्द उनकी निस्तेज आँखों में जल की बूँदें चमक रही हैं। मेरी सालगिरह के दिन आँसू! आज सोचती हूँ तो लगता है उस दिन मुझे देखकर बाबा को ज़रूर माँ का ख़याल आया होगा?

टन...टन...करके घड़ी के घंटे बजे तो एकाएक ही मुझे ऐसा अहसास हुआ कि घर में मौत का सन्नाटा छाया हुआ है। जाने कब से इस ख़ामोशी के बीच में पड़ी हूँ मैं। एकाएक ही इच्छा हुई कि बाबा इस सन्नाटे को चीरकर चीखना-चिल्लाना शुरू कर दें—झनझनाकर घर की चीज़ें फेंकने लगें। सच, इस सन्नाटे में तो दिल डूबता जा रहा है। और मुझे ही ऐसा क्या हो गया है? मैं ही क्यों नहीं दौड़कर बाबा के कमरे में चली जाती हूँ? मुझे ऐसा क्यों लग रहा है जैसे अपराध माँ का नहीं, मेरा हो । लगता है, जो अब तक नहीं हुआ वह अब होकर रहेगा। कल से आज तक घर के हर व्यक्ति ने अपनी सहजता ही खो दी है। यह घटना क्या ज़िन्दगी-भर छाया की तरह मेरे पीछे लगी रहेगी? क्या इन दो घंटों में एक बार भी यह बात मेरे मन में नहीं आई कि इस सारे ऐश्वर्य और असीम लाड़-प्यार के बीच भी मैं कितनी तुच्छ हूँ...कितनी हीन हूँ? मैं भागी हुई स्त्री की सन्तान हूँ? नहीं...नहीं...कोई भी ऐसी भावना मेरे मन में नहीं है।

बाबा का क्रोध—सारा शहर थर्राता है उनके क्रोध से। फिर जिसको अपना सर्वस्व दो, वही छलकर जाए तो मन किस बुरी तरह तिलमिला जाता है। उसकी कल्पना सहज ही में की जा सकती है। मन होता है कि अपना और उसका सिर फोड़ दो।

कल कितनी खुश-खुश आ रही थी मैं कॉलेज से। पर घर में घुसी तो विचित्र-सी ख़ामोशी छाई हुई लगी और होंठों में गुनगुनाते गीत की कड़ी आधी ही मेरे होंठों में अटकी रह गई। सामने ही बूढ़ी नौकरानी चन्दा मिली। मैंने पूछा, "क्या बात है चन्दा?" उसने बिना जवाब दिए मेरे हाथ से किताबें छीन लीं और चली गई। लगा जैसे कुछ कहते-कहते रुक गई। पर मैंने देखा उसकी आँखों में आँसू थे। मैं दौड़कर बाबा के कमरे में गई। आँखों पर हाथ रखे चुपचाप लेटे थे और पास में बैठी आजी बुरी तरह रो रही थीं।

मेरे पैर वहीं बँध गए—तो क्या बाबा को फिर से दिल का दौरा पड़ गया? तीन महीने पहले भी तो सबकुछ ऐसे ही हुआ था। बाबा ऐसे ही पड़े थे। आजी पास में बैठी ऐसे ही रो रही थीं और बाहर नौकर-चाकर रो रहे थे। किसी को बाबा के बचने की उम्मीद नहीं थी, पर बाबा बच गए। बाबा से लिपट जाने के लिए मैं पागलों-सी दौड़ी तो आजी ने इशारे से वहीं रोक दिया। "कैसे हैं बाबा? क्या हुआ है इनको?" घबराहट और आशंका से मेरा गला रुंध-सा गया।

"कुछ नहीं हुआ, तू यहाँ से बाहर चली जा अभी।"

याद नहीं पड़ता ऐसा रूखा जवाब मैंने कभी आजी के मुँह से सुना हो। पर स्वर में जाने ऐसा क्या था कि मैं लौट पड़ी। तभी बाबा के ज़ोर-ज़ोर से चिल्लाने की आवाज़ आई। लेकिन अब मेरी हिम्मत नहीं थी कि उस कमरे में लौट जाऊँ। अपने कमरे में बैठे रहना तो मेरे लिए और भी असह्य हो गया। लगा जैसे कुछ बहुत ही असाधारण और अशुभ घर में हो चुका है। बरामदेवाले दरवाज़े से घुसकर मैं चुपचाप

बाबा के कमरे से लगे पूजा-घर में चली गई। "वह नहीं आ सकती... इस घर में पाँव भी नहीं रख सकती। सच कहता हूँ, वह आई तो मैं उसकी टाँगें तोड़ दूँगा।" आजी के सिसकने और हिचकियाँ लेने की आवाज़ आ रही थी। वे शायद बराबर रो रही थीं। "तुम लाख रोओ, रोते-रोते मर भी जाओ, तब भी वह इस घर में नहीं घुस सकती। उसने इस शहर में घुसने की हिम्मत ही कैसे की? तुम कहला दो कि वह शहर छोड़कर चली जाए। मेरी इज़्ज़त-प्रतिष्ठा, सुख-चैन सब मिट्टी में मिला दिया..."

मैं नहीं समझ पाई कि किसको लेकर बाबा इतने नाराज़ हो रहे हैं? इतनी दूर रहकर भी बाबा के गुस्से से मेरा बदन थर-थर काँपने लगा। आजी की सिसकियाँ वैसे ही सुनाई दे रही थीं। "प्रमिला से मिलना तो दूर, मैं उसकी छाया तक उस पर नहीं पड़ने दूँगा। उस दिन कहाँ गई थी माँ की ममता जब वह उस दूध-पीती बच्ची को छोड़कर, सारे कुल की इज़्ज़त पर पानी फेरकर चली गई थी? पलक मारते ही सारी बात मेरी समझ में आ गई। तो मेरी माँ आई है। वह शायद मुझसे मिलना चाहती है। क्यों आई है माँ? मुझे किसी से नहीं मिलना। मैं नहीं जानती कि कौन है माँ? बाबा को दुखी करके मैं कुछ भी नहीं कर सकती...करना चाहती भी नहीं...। धीरे-से मैं अपने कमरे में लौट आई।

सन्ध्या तक एक बार भी मैं अपने कमरे से बाहर नहीं निकली। मेरे कमरे की खिड़की बाहर बगीचे में खुलती है। देखा, धीरे-धीरे बाबा चले आ रहे हैं। पीछे-पीछे आजी हैं। दोनों कुर्सियों पर बैठ गए। इस समय तक शायद बाबा शान्त हो चुके थे। लगता है, आजी ने शायद माँ को मना करवा दिया। कहाँ ठहरी हैं माँ? किसके हाथ उन्होंने यह सन्देश भेजा है? अब वह नहीं आएँगी, यह सोचकर मन कुछ आश्वस्त हुआ। पर तभी एक दुर्दमनीय चाह उठी कि देखूँ तो सही कि माँ कौन है? कैसी है?...नहीं...नहीं, ऐसी बात भी मुझे अब नहीं सोचनी चाहिए।

बाबा मौन थे। आजी मौन थीं। दूर क्यारियों में माली घास खोद

रहा था। कमरे के भीतर और अधिक घुटन बढ़ गई थी। मेरा बहुत मन हुआ कि मैं भी बाहर बगीचे में उन लोगों के साथ जा बैठूँ। पर अपनी जगह से हिला भी नहीं गया। वहीं खड़ी-खड़ी मैं शून्य नज़रों से बाहर देखती रही।

तभी एक ताँगा फाटक में घुसा और सीधे पीछेवाले दरवाज़े की ओर चला गया, मानो वह घर के नक्शे से परिचित हो। मैंने अच्छी तरह देखा कि चादर ओढ़े एक महिला उस पर बैठी थी। पर उसकी सूरत मैं नहीं देख पाई। हड़बड़ाकर आजी उठीं। मैं समझ गई कि यह आनेवाली महिला ही मेरी माँ हैं। तो क्या आजी ने उन्हें मना नहीं करवाया? क्या मना करवाने के बावजूद वे आ गईं। कोई दो मिनट बाद ही बाबा उठे। उनके पाँव लड़खड़ा रहे थे। शायद वह गुस्से या उत्तेजना से काँप रहे थे। कुर्सी की बगल में रखे हुक्के को लात से एक ओर लुढ़काकर दो-चार गमले तहस-नहस कर दिए। मुझे लगा कि अब कुछ ऐसा होगा जो आज तक नहीं हुआ। जिसकी कल्पना भी बड़ी भयावनी है। मैं साँस रोककर उस क्षण की प्रतीक्षा करने लगी। बस, अभी-अभी बाबा बुरी तरह लताड़ते-फटकारते माँ को बाहर निकाल देंगे। वे मुझे देखने की इच्छा प्रकट करेंगी तो उन्हें घसीटकर बाहर कर दिया जाएगा। नहीं, यह सब नहीं होना चाहिए। मेरी आँखों से आँसू निकलने लगे। कब तक उन विचित्र आशंकाओं से आतंकित-सी मैं रोती रही, मुझे नहीं मालूम। होश तब आया जब देखा कि वही ताँगा लौट रहा है।

पहली बार अपनी माँ के दुख, माँ की मजबूरी ने मेरे मन को मथ दिया। मैं उठी, दबे पाँव फिर उसी पूजा-घर में जाकर खड़ी हो गई। कान लगाकर सुनने लगी कि आजी-बाबा में क्या बातें हो रही है, अभी क्या हो चुका है? एक विचित्र-सी भावना मेरे मन में आई—यह छिप-छिपकर सुनना, क्या स्वभाव की विकृति नहीं...किसी दुष्प्रभाव के कारण ही तो मैं ऐसा नहीं कर रही? क्या यह माँ के अपराध का प्रभाव है? बिना मिले, मात्र उसके आने से मुझमें यह 'पाप' आ गया? मन

हुआ लौट जाऊँ, पर मेरे पाँव जैसे वहीं जम गए थे। बाबा के कमरे में सभी कुछ शान्त था, मानो वहाँ कोई था ही नहीं। आजी क्या बाबा के पास लौटी ही नहीं? शायद वे डर रहीं होंगी कि माँ को आना नहीं चाहिए था। माँ के जाने से लगा था कि संकट टल गया। पर इस छोटे-से पूजा-घर में खड़े होकर लग रहा था कि असली संकट तो अब है। मैंने रक्षार्थ ईश्वर के आगे हाथ जोड़ दिए।

"निकल जाओ तुम मेरे कमरे से..." तभी बाबा की क्रोध-भरी आवाज़ से मैं पत्ते की तरह थर्रा उठी—"तुमने उसे आने ही क्यों दिया? इस घर में तुमने उसे घुसने ही क्यों दिया? क्यों नहीं उसे घसीटकर बाहर कर दिया?" और उनका स्वर आजी की हिचकियों में डूब गया। आजी फूट-फूटकर रो रही थीं। आँसुओं से भीगे, रुँधे गले से टूट-टूटकर शब्द उनके मुँह से निकल रहे थे, "मेरी बात तो सुन लो... फिर जो तुम्हारी समझ में आए करना...वह तो यों ही बहुत दुखी है। जानते हो, उसके ससुरालवालों ने उसका सौदा कर दिया और उड़ा दिया कि भाग गई...भाग गई...। हाय राम, उन दुष्टों को नरक में भी जगह न मिले...मेरी बेटी की ज़िन्दगी बरबाद कर डाली। कितने सालों से वह यह दुख भोग रही है और तुम हो कि..."

मैं धम् से जमीन पर बैठ गई। नहीं जानती ऐसा क्यों हुआ, पर मुझसे खड़ा नहीं रहा गया..."सब झूठ है...फरेब और बहानेबाज़ी है... मैं किसी की बातों में नहीं आनेवाला..."

"दाने-दाने को मुहताज कर दिया मेरी बच्ची को...देखते तो कलेजा मुँह को आ जाता...कह रही थी कि किसी ने बता दिया कि प्रमिला बड़े दुख में है। सो सबसे लड़-झगड़कर उसे देखने चली आई।"

"कुछ नहीं...उन लोगों ने कुछ लेने-लिवाने के लिए भेजा होगा। कान खोलकर सुन लो, मैं उसे फूटी कौड़ी नहीं दूँगा। प्रमिला पर उसकी छाया भी नहीं पड़ने दूँगा..." और झन्न से कोई चीज़ गिरी। शायद पीतल का फूलदान होगा। देर तक उसकी झन्नाहट कमरे में गूँजती रही।

"एक बार अगर वह प्रमिला को देख ही लेगी तो क्या हो जाएगा...? वह माँ है...तुम उसका दुख क्यों नहीं समझते?" बहुत ही याचना-भरा आँसुओं में डूबा आजी का स्वर सुनाई दिया। "तुम निकल जाओ, इसी समय कमरे से निकल जाओ। मैं तुम्हारी सूरत भी नहीं देखना चाहता...सब मेरे दुश्मन हैं इस घर में...दाने-दाने को मुहताज है तो भीख माँगे...जैसा किया उसका वैसा ही फल मिलना था। मैं उसे इस घर में नहीं आने दूँगा...कभी नहीं आने दूँगा...तुमने उसे आने ही क्यों दिया?" बाबा की चीख-पुकार के बीच आजी की हिचकियाँ लगातार सुनाई दे रही थीं। उन्होंने कुछ कहा, लेकिन मैं समझ नहीं पाई। "जाओ!" सारी शक्ति लगाकर बाबा चीखे और उनकी आवाज़ फट गई। ऐसा लगा कि आजी उठकर चली गईं। मैं भी निर्जीव कदमों से अपने कमरे में लौट आई और फूट-फूटकर रोने लगी। नहीं जानती माँ का दुख मुझे साल रहा था या बाबा का क्रोध। माँ का सौदा हुआ है...वह बहुत दुखी है...कैसी होगी मेरी माँ...मेरी माँ?...

उस रात शायद कोई नहीं सोया। आजी सारी रात अपने कमरे में पड़ी रोती रहीं। बाबा के चीख़ने-चिल्लाने की आवाज़ तो नहीं आई पर कभी-कभी कोई चीज़ ज़रूर झनझनाकर गिरती और घर का सन्नाटा एक बारगी ही काँप कर रह जाता।

दूसरे दिन बिना चाय पिए ही मैं कॉलेज चली गई।

कॉलेज से लौटी तो हॉल में घुसते ही देखा, ज़मीन पर तसवीरों, फूलदानों, रेकॉर्डों के टुकड़े पड़े हैं। अन्दर चीनी के प्लेट-प्यालों के टुकड़े मिले। पर ऐसा कोई नहीं मिला जिससे दो शब्द पूछ सकूँ, हालाँकि ये टूटे-फूटे बर्तन ही सबकुछ बोल रहे थे। तो आख़िर आज भी माँ आई, और जो कुछ कल नहीं हुआ वह आज हो ही गया। यह तनाव, यह घुटन तो ख़त्म हो गई। तभी ख़याल आया कि कैसे निकाला होगा माँ को? अपने बचाव के लिए माँ ने भी कुछ कहा होगा या यों ही चुपचाप चली गई होंगी? पर यदि वे मुझे ही देखना चाहती थीं तो सवेरे क्यों आईं? क्या आजी ने उन्हें नहीं बताया कि सवेरे मैं कॉलेज जाती हूँ।

मेरी आड़ लेकर कहीं वह सचमुच पैसा लेने ही तो नहीं आईं। और आज भी ऐसे समय आईं जब मैं नहीं थी। एक अव्यक्त घृणा से मेरा तन-मन सिहर उठा।

चन्दा खाना लेकर आई तो थाली लेते हुए पूछा, "माँ क्या आज भी आई थीं चन्दा?"

"नहीं, मालिक तो नाहक ही नाराज़ हो रहे हैं। बहूजी बेचारी तो रो-रोकर आधी हो गईं। घर की आधी चीज़ें तो मालिक ने तोड़-फोड़ डालीं, अब उन्हें कौन समझाए...? जिस बात को बीते इतने बरस हो गए उसे लेकर यह सब करना क्या अच्छा लगता है?" इच्छा हुई चन्दा से बहुत कुछ पूछूँ। यह तो उस समय भी थी जब माँ मुझे छोड़कर चली गई थी। पर एक शब्द भी मुँह से नहीं निकला, न खाना ही खाया गया।

घोड़े के घुँघरुओं की आवाज़ सुनकर मैंने बाहर झाँका। लाल बजरी की आधी सड़क पार करके ताँगा फिर भीतरवाले दरवाज़े की ओर जा रहा था। उस पर वही महिला बैठी थी। मुझे तो जैसे साँप सूँघ गया। मैं समझ गई—आज माँ मुझे ही देखने आई हैं।

"बिटिया, चलो, बहूजी बुलाती हैं..."चन्दा की आवाज़ से मैं चौंक पड़ी। मैंने उससे कहा, "ज़रा धीरे बोलो चन्दा।" और बिना एक क्षण की देरी किए दबे पाँव उसके पीछे-पीछे चल पड़ी। मानो मैं इस तरह बुलाए जाने की मन-ही-मन प्रतीक्षा कर रही थी। मैं चाहती थी, जितनी जल्दी हो सके यह देखना-दिखाना ख़त्म हो और बाबा को पता लगने से पहले ही माँ चली जाएँ।

भंडार में जाकर देखा—जमीन पर बिछी चटाई पर माँ और आजी आमने-सामने बैठी हैं, और दोनों ही रो रही हैं। मैं घुसी तो माँ एकटक मुझे ही देखती रहीं। मानो उन्हें अपनी आँखों पर विश्वास नहीं हो रहा हो कि मैं इतनी बड़ी हो गई हूँ। फिर सहसा उन्होंने मुझे खींचकर अपने सीने से लगा लिया। इस प्रकार के अप्रत्याशित व्यवहार से मैं अस्त-व्यस्त हो उठी। तभी मैंने बाबा के खड़ाऊँ की खट-खट सुनी तो लगा जैसे शरीर का सारा खून जम गया। मैं झटके से छिटककर इस तरह

अलग आ खड़ी हुई मानो कोई अपराध करते हुए रंगे हाथों पकड़ ली गई हूँ। झटपट वहाँ से खिसक जाने की ताक में ही थी कि देखा—बाबा सामने आ खड़े हुए हैं। अपने आप ही मेरी आँखें मुँद गईं और ऊपर की साँस ऊपर और नीचे-की-नीचे अटकी रह गई। जानती थी, अब क्या होनेवाला है और उसे देखने-सुनने का सामर्थ्य मुझमें नहीं था। कल तो बाबा जाने क्या सोचकर जैसे-तैसे गुस्सा पी गए थे, पर आज...?

"सुनती हो? लो, यह चैक इसे दे दो और कह दो रुपए-पैसे की तकलीफ़ न देखे..." जैसे कहीं बहुत दूर से बोल रहे हों। इस तरह बाबा ने जैसे-तैसे अपनी बात पूरी की और गला रुँध जाने के कारण बिना अपना वाक्य पूरा किए लौट पड़े।

किसी तरह साँस-में-साँस आई तो आँखें खोली। जो कुछ हुआ उस पर विश्वास नहीं हो रहा था। सामने नीला चेक पड़ा था...एक की संख्या पर चार बिन्दियाँ थीं।

मैं कुछ समझूँ-समझूँ कि तभी माँ उठीं। मेरा सिर छाती से चिपकाकर बालों पर हाथ फेरा और मुट्ठी में बन्द, पसीजा और मिसामिसाया-सा पाँच रुपए का नोट मेरे हाथ में पकड़कर झटके से बाहर चली गईं।

और उस क्षण जब मेरी स्तब्ध और लुप्त चेतना लौटी तो मेरी आँखें भर आईं। मैंने देखा, मेरे सामने दस हजार का चैक पड़ा था और हाथ में पाँच का नोट...आँसू-भरी आँखों के पार मुझे लगा जैसे दोनों के रूप धीरे-धीरे अस्पष्ट से अस्पष्टतर होते चले जा रहे हैं...उस चैक और नोट का रूप-रंग, आकार घुलकर एक हो गया...यहाँ तक कि संख्याएँ भी अनपहचानी हो उठीं और रह गए केवल मेरे गालों से ढुलकते आँसू...बाबा की लौटती खट-खट, और पत्थर बनी बैठी आजी...

बाँहों का घेरा

कहानी समाप्त करके कम्मो ने पत्रिका बन्द कर दी। ऐसी रोमांटिक कहानी तो उसने अर्से से नहीं पढ़ी थी, पर एकाएक ही उसे लगा जैसे उसके मन का अवसाद गहरा हो आया है—एक अज़ीब-सा शूल चुभने लगा मन में।

दस बज गए पर मित्तल अभी तक नहीं लौटा। सोचा, फ़ोन करके पूछ लें कि कब तक आएँगे। माँजी शोन को लेकर सो चुकी थीं। कम्मो ने बड़े ही शिथिल हाथों से नम्बर मिलाया। बड़ी व्यस्त और घबराहट-भरी आवाज़ सुनाई दी—"ओह, तुम! अभी ठहरो—" फिर ज़रा अस्पष्ट-सा स्वर सुनाई दिया—"पाँच-सौ गाँठ खरीद लो—पाँच-सौ।" वह जानती है कि मित्तल दोनों कानों पर फ़ोन रखकर बात करता है। "हाँ सुनो भई, रात को मैं नहीं आ सकूँगा। मार्केट बेहद डाँवाडोल हो रहा है, पल-पल में टके टूट रहे हैं—हल्लो—साढ़े तीन का भाव..."

कम्मो ने चोंगा पटक दिया और नौकर से कह दिया कि खाना उठाकर रख दे, वे लोग नहीं खाएँगे। मन का क्षोभ इतना अधिक बढ़ गया था कि उसे पूरी तरह महसूस करने की सामर्थ्य भी उसमें नहीं रही। भाव-ताव, ख़रीदो-बेचो, व्यस्तता—अत्यधिक व्यस्तता—उसने खिड़की का पर्दा एक ओर को सरका दिया। सींखचों के पार आसमान में पूरा-का-पूरा चाँद दिखाई दिया। हलके बादलों की परत के नीचे चाँद बड़ा निस्तेज-सा लग रहा था। सींखचों के पार का चाँद कम्मो को बन्दी की तरह दिखाई दे

रहा था, इस क़ैद ने ही शायद उसकी चमक हर ली। पर्दा वापस खींचकर वह छत पर चली गई। मुंडेर पर खड़े होकर वह कभी आसमान को देखती तो कभी सड़क को। सड़क पर कोलाहल था, पर वह कोलाहल भी उसके मन की शून्यता को नहीं भर पा रहा था।

बादलों का आवरण हट गया तो छत पर चाँदनी छिटक पड़ी। पूरा चाँद आसमान में मुस्करा रहा था। कम्मो को पूरा चाँद कभी अच्छा नहीं लगा। पता नहीं लोगों को इसमें क्या सौंदर्य दिखाई देता है। जो अपने-आप में ही पूर्ण है, जिसे किसी की अपेक्षा नहीं, कितना सन्तुष्ट है वह भी, और जहाँ रस नहीं वहाँ सौंदर्य कैसा? दूज का चाँद—पतली अर्द्धचन्द्रकार रेखा—मानो किसी को कस लेने के लिए बाँहों का घेरा बनाकर बैठा हो!

कहानी की कुछ पंक्तियाँ उसके मस्तिष्क में कौंध गई—"कोहरे-भरी चाँदनी एक विचित्र कुहुक का आभास देती थी। लम्बे-लम्बे वृक्षों की टहनियों को चीरकर बने हुए चाँदनी के ग़ोरखधन्धे के बीच वह बैठा था, विकल, प्रतीक्षातुर। तभी श्वेत वस्त्रों में लिपटी, खुले केशों की सुरभित लटें लहराती हुई बालो आई—और फिर दोनों यों बँध गए मानो युगों से बिछड़ी-भटकती दो आत्माएँ एक हो उठी हों।"

मन की खिन्नता और शिथिलता के बावजूद कम्मो ने शरीर में एक अज़ीब-सा तनाव महसूस किया। जाने क्या था जो ऊपर-से-नीचे तक सनसना रहा था। वह नीचे उतर आई थी। पंखा खोलकर औंधी लेट गई। तकिये को उसने कसकर अपनी बाँहों में भर लिया।

धीरे-धीरे मन का क्षोभ ग्लानि में बदलने लगा। वह क्यों यह सब सोचती है? वह विवाहिता है, दो वर्ष के बच्चे की माँ है। यह सब सोचना, यह सब चाहना उसके लिए अनुचित है, पाप है। वह जब पढ़ती थी, डायरी लिखा करती थी। विवाह के बाद भी कुछ महीनों तक यह क्रम चला, पर फिर उसने बन्द कर दिया। जैसी बातें उसके दिमाग़ में उठती थीं, और आज भी उठती हैं, वह सब क्या लिखी जा सकती हैं? सो लिखना उसने छोड़ दिया, पर बातों का उठना कहाँ छूटा, बल्कि

अकेलेपन ने, जीवन के इस रवैये ने उन्हें और अधिक भड़का दिया। ये अनभित्यक्त भावनाएँ-इच्छाएँ अब रात-दिन उसे मथा करती हैं। किसी को बाँहों में भरकर अपने को उसमें लय कर देने की और उसका सम्पूर्ण पा लेने की अतृप्त दुर्दमनीय चाह, एक अभिशाप की तरह उसके मन पर छाई रहती है।

सालों पीछे छूटा हुआ उसका बचपन उसे याद आने लगा। वह शायद पाँच वर्ष की रही होगी। उसकी सौतेली माँ एक साल की टुन्नी को सारे दिन छाती से लगाए-लगाए घूमती। उसकी हर बात, हर अदा पर निछावर होकर उसे गले से लगा लेती और बाँहों में भर चुम्बनों की बौछार कर देती। कम्मो के अबोध मन में बड़ी लालसा उठती कि माँ ऐसे ही उसे भी प्यार करे। वह सकुचाती-सी माँ के पास जा खड़ी होती। माँ भी प्यार से उसके गाल पर हलकी-सी चपत लगा देती, या बाल सहला देती—बस पिताजी आते तो वे भी टुन्नी को ही प्यार करते। सीने से लगाकर उसे कोई प्यार नहीं करता था। शायद वह अब बड़ी हो गई थी। पर कभी तो वह भी छोटी रही होगी। शायद उसे भी किसी ने ऐसे ही प्यार किया होगा—उसके गालों पर असंख्य चुम्बन बरसाए होंगे। पर उसे ऐसा कुछ भी तो याद नहीं आता! कितना अच्छा होता, उस सबकी याद उसे होती और वह उस याद के सहारे ही कुछ सन्तोष पा लेती।

स्मृति-पटल पर फिर एक चेहरा उभरता है। मोटे फ्रेम का चश्मा, रूखे-बिखरे बाल, दो भावपूर्ण सतेज आँखें जो हर समय उसे देख-देखकर पुलकित रहा करती थीं, उसे उसकी उम्र और सोई भावनाओं के जाग उठने का अहसास कराती रहतीं।

नोट्स और पुस्तकों के आदान-प्रदान को सूत्र बनाकर शैलेन उसके निकट आया था। आरम्भ में औपचारिकता में लिपटी चन्द बातें—धीरे-धीरे औपचारिकता का आवरण हटा। मन की सारी मधुर भावनाएँ अरोक वेग की तरह फूट पड़ीं। अठारह वर्ष की उम्र के प्यार की अछूती कुँवारी भावनाएँ दस-दस पृष्ठों के पत्र में भी बाँधे न बँधती। जितना रस ढलता, उससे दुगुना मन में ही रह जाता। रात में पत्र किताब के

बीच में रखकर पढ़ना, बार-बार पढ़ना और फिर उन्हीं कल्पनाओं में विभोर हो जाना।

"कम्मो, तुम्हारे बिना मैं कितना अकेला हूँ, असहाय हूँ। हर क्षण उस दिन की प्रतीक्षा करता हूँ जब तुम्हारी बाँहों के घेरे में बँधकर मेरे सारे सन्ताप दूर हो जाएँगे, जब मैं अपने अस्तित्व को मिटाकर तुममें ही लीन हो जाऊँगा, फिर हम दो न रहेंगे कम्मो, एक हो जाएँगे, बिलकुल एक।" और तब कम्मो लेटे-लेटे ही महसूस करती कि उसका सम्पूर्ण अस्तित्व ही जैसे गलकर बहा जा रहा है—जैसे वह हाड़-माँस की ठोस वस्तु न रहकर तरल हो गई है और किसी में मिलती जा रही है। उसका सारा शरीर झनझनाता रहता, नसों में बहता रक्त खौलने लगता, फिर भी शरीर और मन पर जैसे चन्दन का लेप होता रहता। इन दिनों जैसी असहाय जलन उसने कभी महसूस नहीं की थी। तब शायद प्रतीक्षा थी, एक आशा थी और अब...?

कितना अर्सा हो गया इस सबको। शैलेन का चेहरा तो धुँधला होते-होते धुल-पुँछ-सा ही गया, पर वह अनुभूति आज भी ज्यों-की-त्यों बनी हुई है। कच्चे मन में उठी हुई वे कामनाएँ अतृप्त रहकर आज भी उतनी ही वेगवान बनी हुई हैं। लाख प्रयत्न करके भी वह उन्हें दबा नहीं पाती—वे ही निरन्तर उसे दबाती रहती हैं और वह है कि बड़ी असहाय-सी, बेबस-सी टीसती रहती है, कराहती रहती है।

घड़ी ने टन-टन करके बारह बजा दिए। कम्मो ने करवट बदली तो देखा चाँदनी काफ़ी चटक हो चली थी। उसका चौंधा उसे अच्छा भी नहीं लगा, उठकर उसने खिड़की बन्द कर दी। सुराही से पानी पिया, पर न मन की जलन शान्त हुई, न शरीर का तनाव। हारी-थकी-सी दोनों हथेलियों से सिर थामकर वह कुर्सी पर ही बैठ गई।

वह क्यों यह सब सोचती है? कितनी घिनौनी बातें हैं ये सब। शायद ही कोई नारी इस तरह सोचती होगी। अठारह वर्ष का वह प्यार एक आवेग ही तो था। घर में भनक पड़ते ही उसकी शादी तय कर दी गई थी और थोड़े से आँसुओं में उसका सारा प्यार बह गया था।

शैलेन की जगह एक-दूसरे चेहरे के इर्द-गिर्द उसकी सारी भावनाएँ केन्द्रित हो गई थीं। शादी वाले दिन उसने वे सारे पत्र फाड़ फेंके थे, पर अब उन पत्रों की याद उसे जब-तब फाड़ती रहती है, बेधती रहती है। उसे आश्चर्य तो इस बात पर होता कि उसे शैलेन की याद नहीं आती, बस केवल पत्रों की पंक्तियाँ, उन पंक्तियों से झाँकती हुई भावना और उन भावनाओं को साकार करनेवाले चित्र उभरते हैं—कोहरे-भरी चाँदनी, प्रतीक्षातुर आँखें, आलिंगनातुर बाँहें...और वह घुलती रहती है। उसका मन सिसकता रहता है।

कम्मो सवेरे उठी तो किसी तरह याद नहीं कर पा रही थी कि वह कुर्सी से कब बिस्तर पर आ गई। उसे पता नहीं कब मित्तल आकर सो गया। जैसे ही कम्मो बैठी, उसने सुना—"जाग गई?" मित्तल शायद सो नहीं रहा था। "रात तो गज़ब हो गया। कइयों के दिवाले निकल गए, कई लखपति बन गए।"

कम्मो ने न किसी तरह की जिज्ञासा दिखाई, न कौतूहल! "अपना तो समझ लो अच्छा-खासा मुनाफा हो ही गया। बस एक ही चिन्ता है, दो को बहुत बड़ा घाटा हुआ है और उनका सौदा अपनी मार्फ़त था, वे कहीं रुपया खा गए तो? ऐसे में अक्सर लोग दिवाला निकाल देते हैं। देखो!" अँगड़ाई लेकर मित्तल उठ बैठा। कम्मो सौदा-वौदा, भाव-ताव कुछ नहीं समझती है। जब-जब मित्तल ने उसे समझाने की कोशिश की, उसे हमेशा बेहद ऊब लगी। मित्तल को कम्मो से शिकायत है कि कम्मो उसके काम में दिलचस्पी नहीं लेती। आजकल तो औरतें शेयर-मार्केट में धड़ल्ले से बिज़नेस करती हैं। कम्मो यदि दिलचस्पी ले तो वह अपना बिज़नेस और बढ़ा सकता है, पर उसने कभी दिलचस्पी ही नहीं ली। और कम्मो सोचती, मित्तल ही कब उसकी भावनाओं को समझता है, उसके दर्द को समझता है। "चाय जल्दी ही बनवा दो, अभी ही निकलना पड़ेगा।" और तौलिया लेकर मित्तल फुर्ती से बाथरूम में घुस गया। अच्छे-खासे मुनाफ़े ने उसके शरीर से रतजगे की थकान को पूरी तरह सोख लिया था।

मित्तल चला गया, माँजी ठाकुरद्वारे में पूजा करने घुस गईं तो कम्मो अख़बार लेने बाहर बैठक में आई। मुनीमजी शेव कर रहे थे और शोन को बता रहे थे–"हाँ तो बेटा, हम लोग भी चाँद में चलेंगे, वहाँ अपना एक मकान बनवा लेंगे, एक गाड़ी खरीद लेंगे और..."

कम्मो ने होंठ काट लिया। सारी दुनिया के मनहूस इस घर में ही आकर बस गए हैं। चाँद में भी अपना मकान बनाएँगे, फिर वहाँ भी रहा करेंगे।

पता नहीं क्यों चाँद में जाने की बात कम्मो को कभी अच्छी नहीं लगती। न जानने का भी तो एक आकर्षण होता है! चाँद को जान लिया, मानो चाँद का सारा रोमांस ही समाप्त कर दिया। उसे लगा थोड़े ही दिनों में दुनिया का सारा रस सूख जाएगा। कितनी ही बार उसे ऐसा लगता था कि एक दिन वह उठेगी तो देखेगी कि घड़े का पानी, गिलास का दूध सब जम गया है। घर में कहीं तरलता नहीं है, सबकुछ ठोस हो गया है, एकदम जड़। क्यों नहीं हो जाता ऐसा? जिस दिन ऐसा हो जाएगा, वह भी जड़ हो जाएगी, तभी श।यद इस यातना से भी मुक्ति मिलेगी।

पोस्टमैन दरवाज़े में घुसा तो एक पैर पैडल पर और एक हवा में झुलाता हुआ पोर्टिको तक चला आया। कम्मो उठकर पोर्टिको में आ गई। दो पत्र थे, एक उसके नाम भी था। वह लिखाई ही पहचान गई–शम्मी का पत्र है। खोला तो देखा शम्मी के साथ ही भाभीजी ने भी कुछ पंक्तियाँ लिख रखी थीं :

"कम्मो,

शम्मी की शादी नवम्बर में तय हो गई है। अभी दशहरे की छुट्टियाँ हैं सो इसे तुम्हारे पास भेज रही हूँ। इसे वहाँ से कपड़े खरीदवा देना, और भी घर का ज़रूरी सामान दिलवा देना। सारा काम तुम पर छोड़ती हूँ–

तुम्हारी भाभी।"

अगले महीने ही शम्मी की शादी है। शम्मी का आना कम्मो को अच्छा लगा। यों तीन साल से उसे नहीं देखा, पर जब देखा था उसे शम्मी बहुत पसन्द आई थी, बेहद शौकीन तबीयत की दिल-खुश लड़की। सचमुच दो-तीन दिन से मन पर जो असह्य-सा बोझ वह महसूस कर रही है, उसे शम्मी जैसी लड़की ही शायद दूर कर सके। दूर तो क्या कर सकेगी, पर हाँ, कुछ समय के लिए भूल ज़रूर जाएगी, वरना उसका बोझ–

शम्मी आई तो कम्मो को लगा जैसे उन्नीस साल की उम्र में होनेवाले विवाह ने उसके गालों में गुलाबी कूचियाँ फेर दी हैं। आँखें हैं कि कहीं थिर ही नहीं रहतीं, और होंठों से अकारण ही हँसी फूट-फूट पड़ती है। कम्मो को शम्मी का यह रूप बहुत अच्छा लगा। बड़े दुलार से बोली–

"तू तो एकदम बदल ही गई शम्मी।"

"कहाँ? वैसी ही तो हूँ।"–और शम्मी हँस दी।

खाने बैठी तो शम्मी ने बताया–"चाचीज़ी, छुट्टियाँ कुल दस दिन की ही हैं–बस इसी में सारा सामान दिला दीजिए। लिस्ट मैंने बना रखी है।"

कम्मो देख रही थी, कहीं झेंप-संकोच का नाम नहीं। उत्साह जैसे छलका पड़ रहा था।

"छुट्टी नहीं है तो और ले ले। शादी क्या बार-बार होती है।" कम्मो ने ज़रा छेड़ते हुए कहा।

"आगे तो लेनी ही हैं। दक्षिण जाने का प्रोग्राम बना है। समझ लीजिए महीना-भर तो लग ही जाएगा।"

"ओ हो! तो प्रोग्राम-व्रोग्राम सब बने रखे हैं। चिट्ठियाँ-पत्रियाँ चलती हैं शायद।" कम्मो के स्वर में अवश्य उल्लास था, पर वह स्वयं महसूस कर रही थी कि उसका मन बुझता जा रहा है।

"कल इन्द्र भी आ रहे हैं। संयोग की बात देखिए कि उन्हें भी ऑफ़िस के काम से आना पड़ रहा है।"

"झूठी कहीं की? लगता है, दोनों ही घुटे हुए हों। भाभी जी को चरका देकर आई और अब संयोग लगा रही है!" कम्मो उसके दुस्साहस पर चकित थी।

"आपकी कसम चाचीज़ी। मैंने अपना प्रोग्राम सवेरे ही डाक से पोस्ट किया और शाम की डाक से यह ख़बर मिली। अम्मा को घिस्सा नहीं दिया, बता दिया कि ये भी आएँगे! वे तो वहाँ भी आ चुके हैं दो बार!"

तभी माँजी आकर बैठ गईं। उनके पीछे-पीछे हाथ में बैट-बॉल लिए शोन था। अपने बड़े बेटे के परिवार से माँजी की कभी नहीं पटी, फिर भी घर आई पोती से बात तो करनी ही थी। शम्मी शोन को गोदी में उठाकर प्यार करती रही—और सिर्फ़ हूँ-हाँ में माँजी की बातों का जवाब देती रही। कम्मो उठकर अन्दर चली गई।

शम्मी से मिलकर, उसकी बात सुनकर सचमुच ही कम्मो को बहुत अच्छा लगा। लगा जैसे भयंकर उमस के बाद ठंडी नम हवा का एक झोंका आ गया हो, पर इस हवा ने उसके मन की आग को भी भड़का दिया। समय की परतें उतर गईं, और रह-रहकर उसे अपनी शादीवाला दिन याद आने लगा।

शैलेन की याद को धो-पोंछकर उसने कितनी उमंग से अपने विवाहित जीवन में प्रवेश किया था। अपनी सुहागरात का एक अज़ीब-सा चित्र उसके मन पर अंकित हो चुका था—हो सकता है किसी सिनेमा का दृश्य ही उसने मन पर उतार लिया हो, फिर भी वह उसका स्वप्न बन गया था। खिड़कियों और दरवाज़ों पर लटकते हुए मोर-पंखी रंग के पर्दे, दूधिया चादर, मोगरे के फूलों की लटकती हुई झालरें—श्वेत वस्त्रों में लिपटी हुई वह और नीले रंग का ज़ीरो पावर का बल्ब। सब कुछ बड़ा ऐन्द्रजालिक-सा। और फिर उसी इन्द्रजाल की माया के नीचे किसी की बलिष्ठ भुजाओं में कसी हुई वह! वैसा कुछ भी नहीं हुआ। यों होने को सभी कुछ हुआ, पर कम्मो ने महसूस किया कि मित्तल बहुत जड़ है—बिलकुल यान्त्रिक। उमंग, उत्साह, प्यार की गर्मी, पागल

बना देनेवाली आतुरता, कुछ भी तो नहीं था। उसका मन विरक्ति से भर गया। दो दिन में ही वह पुरानी भी पड़ गई। चढ़ने से पहले ही नशा उतर गया। हर दिन आता और मित्तल की यही जड़ता उसे अधिक खिन्न बनाकर चली जाती। वह चुपचाप रो लेती—पर बेचो- ख़रीदो, हानि-लाभ के बीच जब किसी को उन आँसुओं को देखने की फुर्सत ही नहीं थी तो उन्हें कोई पोंछता तो कैसे!

मित्तल आया तो दो-चार औपचारिक बातें शम्मी से कर लीं। कम्मो ने बताया कल इन्द्र भी आनेवाले हैं तो कह दिया, "अच्छा?" फिर एक क्षण रुककर पूछा—"किस गाड़ी से आएँगे? तुम जाकर ले आना—मैं तो क्या बताऊँ...?"

"कोई ज़रूरत नहीं है कुछ बताने की, मैं लेती आऊँगी।" खीज़कर कम्मो ने कहा। शम्मी चुपचाप सुनती रही।

दोपहर में माँजी शोन को लेकर अपने कमरे में जाकर सो गईं तो शम्मी ने पूछा—"शोन सारे दिन माँजी के ही पास रहता है?"

"हुआ है तब से उन्हीं के पास रहता है। मैंने तो जाना ही नहीं कि बच्चा पालना कैसा होता है। बिना एक रात भी जागे, दो साल का हो गया। दोनों को एक-दूसरे के बिना चैन नहीं।"

"चलिए, आप पर तो मेहरबानी हैं—वरना हम सब लोगों पर तो दादी शुरू से ही बड़ी नाराज़ रहीं।"

कम्मो के मुँह से एक ठंडी निःश्वास फूट पड़ी। धीरे से बोली—"इनका ऐसा ख़याल है कि जिस दिन मेरी सगाई का शगुन उनके घर में आया, उसी दिन से इनके घर में लक्ष्मी ने वास कर लिया। इसी से बड़ी प्रसन्न हैं। पर किसे बताऊँ..." और फिर वह चुप हो गई।

शम्मी ने प्रसंग बदल दिया। उसे अपने बारे में शायद इतना कुछ कहना था कि और किसी की भावनाओं के सुनने-समझने का अवकाश ही नहीं था। वह विभोर होकर अपने और इन्दु के परिचय, प्रणय और सम्बन्ध की बातें करती रही और कम्मो सोचती रही। यह उन्नीस साल की है और वह चौबीस की—फिर भी वह कितनी बुढ़ा गई है। पर कहाँ,

बुढ़ाई कहाँ? बुढ़ा जाती तो कितना अच्छा होता—और इन्द्रियों की भाँति ये आवेश और आवेग भी शिथिल हो जाते।

सारे दिन ख़रीद-फ़रोख़्त करके इन्दु, शम्मी और कम्मो 'नीरा' में चाय पीने बैठे। कम्मो बराबर ही अपने साथ हो लेने पर पछता रही थी। उनके बीच उसने अपने को एक अनचाहे, अनावश्यक व्यक्ति की तरह ही महसूस किया। उसकी उपस्थिति को भूल, दोनों आपस में ही मगन थे। और व्यर्थता का यह बोध, अपमान की सीमा तक पहुँच गया। जब आपस में कुछ इशारेबाज़ी करके बहुत ही विनय और मिन्नत के स्वर में इन्दु ने कहा, "चाचीज़ी, कल तो मैं चला ही जाऊँगा, दो घंटे के लिए शम्मी के साथ छुट्टी देंगी?"

"क्या मतलब? मैं चली जाऊँ?" भरसक अपने को संयत रखकर उसने पूछा।

"न न, घर मत जाइए, वरना दादी जी जान ही निकाल देंगी।"

शम्मी बोली, फिर कुछ सोचकर कहा, "आप किसी परिचित के यहाँ दो घंटे नहीं बिता सकतीं, फिर सब लोग साथ-साथ घर चले जाएँगे।"

क्रोध और अपमान से कम्मो का चेहरा सूर्ख हो गया। खुद तो रंग-रेलियाँ करेंगे और मुझे कोई लौंडी-बाँदी समझ लिया है? मैं इनकी चाची होती हूँ, निर्लज्ज कहीं के। रंग-रेलियाँ ही मनानी हैं तो डरते क्यों हैं? उसने पर्स में से रुपए निकालकर बिल के साथ पटक दिए और अपने को भरसक संयत करके कहा—"कोई किसी की जान नहीं निकालेगा—तुम लोग घूमकर आओ, मैं जाती हूँ।" और वह लौट पड़ी। बचे हुए रुपयों के लिए भी वह नहीं ठहरी। जाने क्यों, उसे कुछ-कुछ उम्मीद थी कि शम्मी उसे आवाज़ देगी—आख़िर वह उसके लहज़े से समझ तो गई होगी कि वह नाराज़ होकर जा रही है—पर किसी ने आवाज़ नहीं दी। सब ओर से व्यर्थ—सचमुच, किसी को उसकी अपेक्षा नहीं है।

गाड़ी में बैठी तो आँसुओं के पार उसे कुछ भी नहीं दिखाई दे रहा

था। घर आकर उसने किसी से कोई बात नहीं की। माँजी शम्मी और इन्दु के रवैये से यों ही बौखलाई हुई थीं, कम्मो को अकेला देखा तो उसी पर बरस पड़ीं—"तू उन दोनों को कहाँ छोड़ आई? इस घर में लाज-शरम तो रह ही नहीं गई है। इस लड़के ने तो सारे घर को ऐसा बिगाड़ा है कि..."

कम्मो का मन हुआ साफ़ कह दे—वह किसी को नहीं छोड़कर आई। वे ही उसे छोड़कर चले गए। पर चुप रह गई।

"मेरा तो जुकाम के मारे सिर फटा जा रहा है—शोन को बैठकर खिला दे।" और सिर पर कसकर पट्टी बाँधकर वे अपनी खाट पर जाकर बड़बड़ाने लगीं।

शोन ज़िद करने लगा तो कम्मो ने खींचकर उसके गाल पर एक चाँटा मार दिया—जिद्दी कहीं का, हर बात में रोना। शोन की चीख़ सुनकर माँजी झपटकर आईं—"हट यहाँ से। अरे, खाना खिलाने बैठी और रुला दिया," उन्होंने शोन को गोदी में उठाया और उसकी थाली लेकर अपने कमरे में चली गई।

शोन की बड़ी-बड़ी आँखों में आँसू देखकर कम्मो का मन टीस उठा। अकारण ही मार दिया बेचारे को। उसका मन हुआ जाकर उसे प्यार कर ले।

मित्तल आया तो वह लेटी हुई थी। शम्मी लौट आई थी और इन्दु फिर कहीं चला गया था। सब अपने-अपने कमरे में चुप थे, पर घर में एक तनाव था। कपड़े बदलते हुए मित्तल ने कहा—"माँजी को तो बुखार आ गया—शायद फ्लू है।"

"हूँ," लेटे-लेटे ही कम्मो ने जवाब दिया।

"कल डॉक्टर को फ़ोन करके बुलवा लेना।"

कम्मो चुप।

"और ये शम्मी इन्दु को क्या हुआ है? माँजी बहुत नाराज़ हो रही थीं। ठीक है, नए ज़माने के हैं, फिर भी एक मर्यादा तो होनी ही चाहिए? नए ज़माने के तो हम भी हैं।" फिर एक क्षण रुककर बोला—

"और तुम उन्हें अकेला क्यों छोड़ आईं? तुम तो बड़ी हो, समझदार हो, कुछ तो ख़याल रखना चाहिए न?"

कम्मो ने गुस्से में होंठ काट लिया। उसकी आँखें छलछला आईं। मन तो हुआ कोई बेहद कड़वी बात कह दे, पर पी गई। मन की कटुता को व्यक्त करने के लिए शब्द नहीं थे उसके पास।

मित्तल ने कपड़े बदल लिए तो कम्मो ने केवल इतना कहा—"खाना खा लीजिए, मेरा सिर दर्द कर रहा है।"

"क्यों, तुम्हें भी तो फ्लू नहीं हो गया?" और कम्मो के सिर पर हाथ रखा।

"नहीं, यों ही थकान की वज़ह से," कम्मो ने करवट बदल ली।

सब सो गए थे पर कम्मो को नींद नहीं आ रही थी। कोई ख़ास बात नहीं थी पर फिर भी उसे लग रहा था जैसे किसी ने बड़ी निर्ममता से उसके सारे घावों को कुरेद दिया है। क्यों आए शम्मी और इन्दु? वह बड़ी है, उसे समझाना चाहिए था—चौबीस साल की उसकी उम्र और सबको वह बुढ़िया दिखाई देने लगी? कभी उसे शम्मी-इन्दु पर ही क्रोध आता। इतनी ही बेसब्री है तो कर लें शादी। शादी के पहले तो मर्यादा निभानी ही पड़ेगी। पर वह स्वयं नहीं समझ पा रही थी कि उनके प्रति उसका आक्रोश वास्तविक क्रोध था या ईर्ष्या-जनित क्रोध।

अजीब-सी बेचैनी से विकल होकर कम्मो उठ बैठी। इच्छा हुई, छत पर चली जाए—बाहर बिखरी शीतल चाँदनी में मन का सन्ताप धो आए। रात में पागलों की तरह अकेले छत पर टहलना, सूनी नज़रों से आसमान को देखना और अपने से ही लड़ते रहना, यही उसके यौवन का प्रारब्ध था। मित्तल बेख़बर सोया था, घुटनों को छाती में सिकोड़कर। कम्मो को लगा शायद इन्हें सर्दी लग रही है—उसने पास पड़ी चादर उसके पैरों पर डाल दी और स्लीपर पहनकर धीरे-से दरवाज़ा खोला। पीछे के बरामदे में अँधेरा छाया हुआ था। वह दो क़दम आगे ही बढ़ी थी कि ठिठक गई। सीढ़ियों के पास ही गुँथी हुई दो छायाकृतियाँ। वह पीछे हटकर अपने दरवाज़े से सट गई—इतना

दुस्साहस! इन्दु के सीने से शम्मी का मुँह निकला और चार अधर मिले तो मिले ही रह गए—"चार बजे एक बार फिर आना...ज़रूर आना, कल तो मैं चला ही जाऊँगा।" कम्मो ने अस्पष्ट से स्वर सुने। मन की जलन को दुगनी करके वह अपने बिस्तर में घुस गई, निर्लज्ज—बेहया...

कम्मो सो नहीं सकी। उसका सारा शरीर ऐंठता रहा और वह रोती रही—दुख से, क्रोध से। एक अज़ीब-सा विचार उसके मन में आया। चार बजे वह चली जाए, पीठ करके खड़ी हो जाए और यदि...छिः उसने घृणा से अपना ही होंठ काट लिया, पर फिर भी उसके सामने इन्दु की मछलियाँ-सी उभरी बाँहें साकार हो गईं और यह इच्छा मन में टक्कर मारती ही रही। चार बजे उसकी बड़ी इच्छा हुई कि जाए, एक बार देखे तो...। पर पिछले छः वर्षों से वह जिस प्रकार अपने को नियन्त्रित करती आ रही थी, कर गई और पड़ी रही।

दूसरे दिन इन्दु को छोड़कर लौटे तो पाँच बज गए थे। मित्तल स्टेशन से ही मार्केट चला गया और शम्मी अपने कमरे में पलँग पर जाकर लेट गई। वह रात-भर सोई नहीं थी, सो हो सकता है नींद ही आ रही हो। सोई कम्मो भी नहीं थी, पर फिर भी उसकी आँखों में नींद नहीं थी। सवेरे से उठी है, तब से न उसे नींद है, न भूख-प्यास। बस, वह मशीन की तरह काम करती रही है। अम्मा की मालिश, दवाई, इन्दु के साथ जाने का खाना। आज शोन को भी उसी ने तैयार किया, थोड़ा रोया तो सही, पर फिर खेलने लगा।

शाम को अम्मा का बुखार तेज़ हो गया। अम्मा ने कहा—"कम्मो, शोन सो जाए तो अपने कमरे में ले जाना। यह बुखार अच्छा नहीं, कहीं इसे न लग जाए।"

"हूँ," कम्मो ने कहा। मित्तल आया तो अपने हाथ से परोसकर खाना खिला दिया। फिर अम्मा की छाती पर मालिश कर आधा घंटे तक सेंककर उन्हें भी सुला दिया। शम्मी के कमरे में झाँककर देखा, वह सो चुकी थी। एक क्षण चुपचाप उसका चेहरा निहारती रही; फिर हलके हाथ से उस पर चादर डाल दी, देख लिया कि पानी और गिलास

रखा है। तब अपने कमरे में लौट आई। सवेरे से लेकर अब तक वह सारे काम यन्त्रवत् करती रही, मानो वह वह नहीं है। उसके मन में न कोई व्यथा थी न कोई चाह, पर रात में जैसे ही बिस्तरे पर लेटी कि यह जड़ता गलने लगी, प्रयास करके जमाई गई मन की परतें टूट-टूटकर बिखरने लगीं। फिर वही ललक, वहीं दुर्दमनीय चाह, नसों का तनाव, बदन की ऐंठन। उसकी आँखों से टप-टप आँसू की गरम-गरम बूँदें ढुलक गईं।

याद आया, बचपन में भी वह ऐसे ही बिस्तर पर पड़कर रोया करती थी और माँ का चेहरा और माँ की बाँहें उसके सामने उभर- उभरकर आती थीं, और उसका मन होता था कि वे बाँहें उसे कस लें, पर उन्होंने उसे कभी नहीं कसा, कम्मो का मन बस टीसता ही रहता था।

पत्र पढ़ती थी और शैलेन का चेहरा उभरता था—शैलेन के शब्द कानों से टकराते थे—'कम्मो, मैं तुम्हारे बिना कितना अकेला हूँ, कितना असहाय। मुझे अपनी बाँहों के घेरे में बाँध लो कम्मो...' और तब उसका मन होता था, शैलेन को एक छोटे बच्चे की तरह अपनी छाती में दुबका ले और कह दे कि 'तुम असहाय नहीं हो शैलेन, मैं तुम्हारी हूँ, यह कम्मो तुम्हारी ही है।'

पर ये कल्पनाएँ...ये इच्छाएँ कभी उसके जीवन की हक़ीकत नहीं बन सकीं। तब उसने अपनी आकांक्षाओं को शादी पर केन्द्रित कर दिया, पर शादी के बाद? कितना बड़ा आघात लगा उसकी कल्पनाओं को। हनीमून की कल्पना—बन्द कमरे में घंटों मौन रहकर एक दूसरे को निहारने की कल्पना। कई बार वह जानबूझकर दस-ग्यारह बजे तक सोने नहीं जाती, सोचती कि घुसते ही मित्तल मुँह फुला लेगा—'कहाँ इतनी देर कर देती हो? यहाँ राह देखते-देखते मर गए। क्या काम रहता है ऐसा तुम्हें भीतर?' पर वैसा कुछ नहीं होता। उसे कभी लगा ही नहीं कि मित्तल को उसकी चाहना है। यों आवश्यकताओं की पूर्ति के लिए तो सब कुछ मशीनी ढंग से होता ही था। पर वह तृप्त नहीं हो पाती थी—भावनाओं की मिठास जो नहीं थी।

रात में मित्तल जब सो जाता तो वह पास पड़ी-पड़ी उसे देखा करती और फिर रो पड़ती। एक ही ललक उसके मन को बेधती रहती कि कुछ ऐसा हो जाए कि मित्तल की यह सारी जड़ता, सारी यान्त्रिकता एक झटके से दूर हो जाए और वह पागलों की तरह उसे अपनी भुजाओं में कस ले, अपने सीने में समेट ले और फिर उन्मत्त-सी वह उसके सिर को अपनी छाती में छिपा ले, उसके गले में बाँहें डाल दे—दोनों एक-दूसरे को पूर्ण कर दें। पर ऐसा कभी नहीं हुआ और कम्मो के दिल-दिमाग़ पर मित्तल का चेहरा, उसकी बाँहें, उसका सीना छाया रहता और मन में शूल-सा कुछ चुभता रहता।

और आज? आज उसके सामने न माँ का चेहरा उभर रहा है, न शैलेन का, न मित्तल का। सब चेहरे मिट गए, रह गई सिर्फ़ एक चाह—दुर्दमनीय चाह, एक ललक कि कोई हो, कोई भी—जो उसे कसकर अपने में समेट ले, जिसकी आँखों में प्यार हो, अपूर्णता हो, कम्मो को पाने की पिपासा हो और अपने को पूर्ण बनाने के लिए वह कम्मो को इतना भींचे, इतना भींचे कि उसकी हड्डियाँ तक चरमरा जाएँ, उसका दम ही घुट जाए।

चार रात हो गई हैं, वह बिलकुल नहीं सोई है। यों भी नींद उसे आती ही नहीं—यह जलन और चुभन सोने ही नहीं देती—पर इधर तो वह एक पल भी नहीं सोई है। वह कितना चाहती है कि उसे एक गहरी नींद ही आ जाए—इतनी लम्बी और इतनी गहरी कि कुछ समय के लिए तो यह भारीपन दूर हो जाए। उसने औंधे लेटकर अपना मुँह कसकर तकिए में गड़ा दिया। वह जैसे भी होगा आज सोने का प्रयास करेगी—पर तभी पास लेटा शोन ज़ोर से चीख़कर रो उठा। पता नहीं, उसने सपने में क्या देखा कि डरकर दोनों बाहें फैला दीं। उसके भिंचे और रुँधे गले से केवल इतना ही निकल पा रहा था—'माँ—हाऊ—माँ—हाऊ—हा—' कम्मो ने जल्दी से उठकर उसे गोदी में ले लिया। गोद में जाते ही शोन एक बार फिर ज़ोर से चिल्लाया 'हाऊ—हाऊ' और दोनों बाँहें कम्मो के गले में डालकर कसकर उसकी छाती से चिपक गया। कम्मो

प्यार से उसकी पीठ पर हाथ फेरने लगी—'देख शोन, कोई नहीं है—देख तो—' पर वह चिपटा ही जा रहा था। डर के मारे उसने आँखें भी नहीं खोली। किसी तरह वह चुप तो हुआ पर घिघियाया हुआ कम्मो से ही चिपटा रहा। कम्मो सोई तो वैसे ही गले में बाँहें डाले शोन उसकी छाती से लिपटकर ही सोया।

लेटने के थोड़ी देर बाद ही कम्मो की आँख लग गई।

कमरे, कमरा और कमरे

उस घर में पाँच कमरे थे और किसी कमरे की कोई व्यवस्था नहीं थी। सब कमरों में लोग बैठते थे, सोते थे, खेलते थे और खाते थे। जिस कमरे में खेल जमा हो वहाँ अम्मा पास-पड़ोस की किसी चाची-ताई के साथ आ बैठतीं, तो खेल दूसरे कमरे में चला जाता। अम्मा अधिकतर बीमार रहती थीं, इसलिए घर की जैसी भी व्यवस्था थी वह नीलू को ही सँभालनी पड़ती थी और नीलू को लगता था कि जब तक वह घर में रहती है, वह पाँच कमरों और छठी रसोई में बँटी-बिखरी रहती है। धोबी आता, तो वह हर कमरे से गन्दे कपड़े बटोरती फिरती। पलंगों के नीचे, खूटियों के ऊपर और कुर्सियों की पीठ पर लटके हुए कपड़े उसे मिलते थे और लिखने से पहले एक बार फिर उसे सबके पास जाकर पूछना भी पड़ता था किसी को कुछ देना तो नहीं है। सफ़ाई करवाते समय हर कमरे से नाश्ते की जूठी प्लेटें, खाली दोने या तेल सने कागज़ के टुकड़े निकलते थे और कोई चीज़ गुम हो जाने पर हर कमरे में ढूँढ़ना अनिवार्य हो जाता था। नीलू ने कई बार चाहा और कोशिश भी की कि वह एक कमरा अपने लिए ले ले, एक अम्मा और बाबू का बना दे, एक तीन छोटे भाइयों का, एक खाने का और एक बैठने का। पर वर्षों से चली आई उस व्यवस्था में नीलू की चाहना कभी पूरी नहीं हो सकी। और पाँच कमरों में बँटकर ही उसे अपना हर काम करना पड़ता था और पाँचों कमरों में घूम-घूमकर ही उसे अपनी पढ़ाई

करनी पड़ती थी। यह बात बिलकुल दूसरी है कि उसके बावजूद वह हमेशा टॉप ही करती आई थी।

जब एम.ए. में उसने प्रथम श्रेणी, द्वितीय स्थान प्राप्त किया, तो उसकी खुशी और जश्न भी पाँचों कमरों में ही मनाया गया। एक कमरे में अम्मा के साथ औरतें थीं, तो दूसरे में पिताजी के मित्र। एक कमरे में बच्चे पूरे शोर-शराबे के साथ आइसक्रीम जमा रहे थे, तो एक में उसकी अपनी सहेलियाँ ईर्ष्या और खुशी की मिली-जुली भावना से चहक रही थीं और वह थी कि थोड़ी-थोड़ी देर में हर कमरे में जाती थी, किसी को कुछ देने या किसी से आशीर्वाद या बधाई लेने। सभी कमरों में अपने-अपने ढंग से उसकी योजनाएँ बन रही थीं। बाबू बहुत उल्लसित थे और उनकी छाती गर्व से फूली नहीं समा रही थी। मित्रों के यह कहने पर कि अब उन्हें अच्छा लड़का ढूँढ़कर नीलू का रिश्ता कर देना चाहिए, वे हिक़ारत-भरी नज़र फेंकते और कहते, "मेरी बड़ी इच्छा थी कि नीलू को डॉक्टर बनाऊँ, पर साइंस में इसकी बिलकुल रुचि ही नहीं थी। पर कोई बात नहीं, मैं अभी भी इसे डॉक्टर ही बनाऊँगा।" मित्रों ने बड़ी सद्भावना से ज़माने के बेढंगेपन की ओर संकेत किया, तो बड़ी लापरवाही से बोले, "मेरी नीलू केवल बुद्धि की ही धनी नहीं, किस्मत की भी बड़ी बली है। बीहड़ रास्ते पर भी कदम बढ़ा देगी तो सारा झाड़-झंखाड़ हट जाएगा और राजमार्ग बन जाएगा।"

उधर अम्मा को सलाह दी जा रही थी कि जब तक रिश्ता पक्का हो, नौकरी ज़रूर करवा दो। आजकल तो लड़कियाँ भी धड़ल्ले से कमाने लगी हैं। भगवान ऐसा न करे, पर यदि दो साल रिश्ता न हुआ तो अपने दहेज का खर्चा खुद ही निकाल लेगी।

चुप थी तो केवल बुद्धि की धनी और क़िस्मत की बली नीलू! पाँच कमरों में बँटी-बिखरी वह। न अपने बारे में कुछ सोच पाती थी, न कोई निर्णय ही ले पाती थी।

आख़िर उसने अपने को उन पाँच कमरों की दीवारों से मुक्त किया

तो पहली बार उसे अपने पूरे होने का अहसास हुआ...अपने भीतर जाने कैसी-कैसी सम्भावनाओं का बोध हुआ...लगा कि यदि वह किसी प्रकार अपने को पूरी तरह समेट सके, तो पता नहीं वह क्या-क्या कर सकती है।

और तब उसने खाट पर लेटकर दो निर्णय लिए थे—वह बाहर जाकर नौकरी करेगी और दूसरा कि नौकरी के साथ-साथ वह अपनी पढ़ाई भी ज़ारी रखेगी। उसके भीतर जो 'कुछ' कुलबुलाया करता है, उसे बाहर आने का पूरा-पूरा अवकाश देगी।

दूसरे दिन उसने अपनी बात बाबू से कही। बाबू ने उसकी बात का समर्थन ही किया और बाबू द्वारा समर्थित उसका निर्णय थोड़ी ही देर में सारे घर में फैल गया। अब सारा घर अख़बारों में विज्ञापन देखता और जिस किसी भी महिला कॉलेज में माँग निकलती, वहीं अर्जी दे दी जाती। जून के मध्य तक तीन जगहों से इंटरव्यू का बुलावा आया। सबसे पहली तारीख़ दिल्ली के एक कॉलेज की थी।

वह खुश भी थी और हलके-से 'नर्वस' भी। बाहर घूमना-फिरना, धड़ल्ले से अंग्रेजी बोलने का उसे अभ्यास नहीं था, पर बाबू का कहना था कि चाहे नीलू कम बोलती हो, लेकिन उसके बात करने का ढंग बहुत ही प्रभावशाली है। उसे नहीं मालूम कि बाबू की यह धारणा सच्चाई पर टिकी थी या उनके अत्यधिक स्नेह पर।

दो जगहें थीं और इंटरव्यू के लिए सोलह उम्मीदवार आए थे, इसलिए नीलू को अपने लिए कोई उम्मीद नज़र नहीं आ रही थी। फिर वह यह भी जानती थी कि आजकल नियुक्तियाँ शैक्षणिक योग्यता पर नहीं होती हैं, उसके लिए दूसरी तरह की योग्यता चाहिए और उस क्षेत्र में वह और बाबू दोनों ही बहुत अयोग्य थे। पर बाबू फिर भी बहुत आश्वस्त थे, क्योंकि वे सबसे ऊपर किस्मत को मानते थे और उनके अनुसार नीलू किस्मत की धनी थी।

बाबू का विश्वास व्यर्थ नहीं गया और नीलू की नियुक्ति हो गई। जिस दिन समाचार आया, उस दिन फिर घर में खुशियाँ मनाई गईं, पर

इस बार सबसे ज़्यादा खुश वह स्वयं थी। उसकी अनुपस्थिति में घर की व्यवस्था की चिन्ता ने अम्मा के मन की खुशी को जल्दी ही धुँधला कर दिया और छोटे भाई-बहन इस बात से परेशान होते थे कि दीदी के माथे जितनी छूट और सुविधाएँ भोग लीं, अब आगे उनका सिलसिला कैसे बैठेगा? सिर्फ़ बाबू थे जो किसी स्वार्थ से नहीं, उसके जाने की कल्पना मात्र से दुखी थे। यों उनका सन्तुष्ट गर्व और अहं उस दुख को धोने की कोशिश कर रहा था।

जाने की तैयारियाँ शुरू हो गईं। उसने बाज़ार से अपने लिए बहुत-सा सामान ख़रीदा। फिर घर के हर कमरे से अपना सामान और अपने को बटोरा और तब नीलू दो बक्सों, एक होल्डॉल और एक अटैची में सिमटकर दिल्ली के लिए चल पड़ी। दरवाज़े पर आते-आते बहुत सँभालने पर भी अम्मा को रोना आ ही गया, तो वह भी रो पड़ी। उसने बड़ी कातर-सी नज़रों से उस घर को देखा, जिसे होश आने के बाद से ही वह सँभालती आ रही थी। अम्मा को छोड़कर बाकी सब स्टेशन आए थे और बाबू दिल्ली तक आए थे।

लड़कियों के होस्टल के साथ ही कुछ कमरे स्टाफ मेम्बर्स के लिए भी बने थे। एक बड़ा कमरा, एक छोटा कमरा और उसके साथ एक बाथरूम। मीरा पटेल की नियुक्ति उसके साथ ही हुई थी और इसी कारण वह उसकी घनिष्ठ मित्र बन गई थी। दोनों ने मिलकर अपने निजी कामकाज के लिए एक आया रख ली थी। और इस तरह पाँच कमरों में बँटी-बिखरी ज़िन्दगी एक कमरे में सिमट आई थी। हर वस्तु का एक निश्चित स्थान था और हर काम का निश्चित समय। खाने का समय होता तो उसे किसी के पास नहीं जाना पड़ता था। मेस का बेयरा उससे पूछने आता था कि वह खाना डाइनिंग हॉल में खाएगी या वहीं लाया जाए। धोबी आने पर आया बाथरूम में रखे लॉण्ड्री-बैग से कपड़े निकालकर दे देती थी और फिर उससे पूछ लेती थी कि और

कोई कपड़ा तो नहीं है? डाक आती थी तो चपरासी उसके कमरे पर पहुँचा जाता था। पढ़ने बैठती तो थोड़ी-थोड़ी देर में किसी की आवाज़ों पर उसे उठना नहीं पड़ता था, थककर या ऊबकर ही उठती थी।

अब वह नीलू से मिस नीलिमा गुप्ता हो गई थी। नाम के इस हलके से परिवर्तन ने उसके भीतर कहीं बहुत बड़ा परिवर्तन ला दिया था।

अम्मा और बाबू के पत्र आते थे, मिनी और टीटू के भी पत्र आते थे, अपने कॉलेज की सहेलियों के पत्र भी आते थे। वह सबको जवाब देती थी, उतनी ही आत्मीयता और अपनेपन से, पर भीतर-ही-भीतर उसे बराबर यह लगता था कि वह ज़िन्दगी के बिलकुल ही दूसरे स्तर पर आ गई है और यहाँ आने से उसे बड़ा सन्तोष भी था और थोड़ा गर्व भी।

शाम को वह दिल्ली की सड़कों पर घूमती थी या होस्टल के लम्बे-चौड़े लॉन में बैठकर पढ़ती थी। वह कहीं गहरे तक महसूस करती थी कि सड़कों का विस्तार और लॉन्स का फैलाव उसे तोड़ता-बिखेरता नहीं है।

धीरे-धीरे उसे लगने लगा कि जिन सम्भावनाओं का उसे अहसास होता था, सचमुच वे उसमें हैं। वह बड़ी लगन के साथ उन्हें रास्ता देती गई और सफलता की सीढ़ियाँ चढ़ती गई। पर वह अपने मनोवांछित रास्ते पर जितनी आगे बढ़ती जा रही थी, घर से, घरवालों से अनजाने और अनचाहे उतनी ही दूर होती जा रही थी। पहले की तरह उसने हर छुट्टी में घर जाना बन्द कर दिया। लम्बी छुट्टियों में भी वह केवल पाँच-सात दिनों के लिए ही घर जाती थी और हर बार उसे यह लगता था कि घर और उसके बीच की खाई बढ़ती जा रही है। अब घर जाने के पीछे अपनेपन की भावना कम और कर्त्तव्यभावना ज़्यादा रहती थी।

चार साल में उसने पी-एच.डी. की डिग्री ले ली। उसकी थीसिस की काफ़ी सराहना हुई थी। अब वह यूनिवर्सिटी में होनेवाले सेमिनारों में अक्सर पेपर पढ़ती थी और बहस-चर्चा में खूब भाग लेती थी। उसके

लेख प्रतिष्ठित पत्रिकाओं में केवल छपते ही नहीं थे, वरन् उनकी टीका-टिप्पणी और प्रशंसा भी होती थी। वह मात्र प्राध्यापिका ही नहीं थी, उसकी योग्यता के और पहलू भी सामने आए थे, जिनके कारण वह सामान्य से कुछ विशिष्ट हो गई थी।

पर इस सारी पूर्णता के साथ-ही-साथ अब उसे एक नई अपूर्णता का बोध होने लगा था। मीरा पटेल स्कॉलरशिप लेकर स्टेट्स चली गई थी। पुस्तकों, पत्रिकाओं और फाइलों की भरमार के कारण उसके अपने कमरे की लम्बाई-चौड़ाई बहुत अधिक सिमट गई थी, जिसमें बैठकर उसे बहुत घुटन का अहसास होता था। यही नहीं, कभी-कभी तो उसे यहाँ तक लगता था कि जैसे पूरे कॉलेज की चहारदीवारी उसके कमरे में बदल गई है, जो निरन्तर सिमटती जा रही है। तब वह कोई साथ मिलता तो उसे लेकर या अकेले ही घूमने निकल जाती थी। पर वह चाहे सड़कों पर घूमती, चाहे किसी रेस्तराँ या सिनेमा में बैठती... रात को सारी सड़कें और सारे स्थान उसे वापस उसके कमरे में ही छोड़ जाते। और वह हैरान थी कि जिस अकेले कमरे की उसने इतनी कामना की, जिस कमरे ने उसे कहाँ से कहाँ लाकर खड़ा कर दिया, वही कमरा आज उसकी सीमा बन गया है।

गर्मी की छुट्टियों में स्थिति और भी बुरी हो गई। मीरा की अनुपस्थिति में उसका मन कहीं भी जाने को नहीं हुआ। लड़कियाँ सब अपने घरों को चली गई थीं और बिना लड़कियों के होस्टल के लॉन और अधिक लम्बे-चौड़े हो गए थे, जिनमें सारे दिन साँय-साँय करती लूएँ चला करती थीं। उसका बड़ा मन होता था कि वह अपने कमरे से निकलकर दूसरों के कमरों पर जाए, पर सारे कमरों में ताले लटके हुए थे और खीझकर उसे अपने ही कमरे में लौटना पड़ता था।

ऐसी बात नहीं कि वह अपनी इस खीझ और ऊब का कारण नहीं समझती हो। पर उसे दूर करने का उपाय उसे सचमुच ही समझ में नहीं आता था। उसने अपने चारों ओर नज़र दौड़ाई, पर कोई ऐसा व्यक्ति नहीं दिखाई दिया जिस पर उसकी नज़र ठहरती।

दिन सरकते जाते थे और मन का खालीपन बढ़ता जाता था। पढ़ाने का काम उसे बड़ा बोर और निरर्थक लगने लगा। लगता, जैसे क्लास में बैठकर वह केवल अपने को दोहराती है, और जितनी बार वह अपने को दोहराती है, जड़ता की उतनी ही परतें उसके मन पर जमती जाती है। हाँ, अब वह चौकन्नी ज़रूर हो गई थी और व्यक्तियों से मिलते समय, उन्हें आँकते समय उसकी नज़र में एक नया नुक़्ता और जुड़ गया था।

और आखिर उसके इस नुक़्ते में भी एक व्यक्ति अटक ही गया। श्रीनिवास से उसका परिचय जयपुर में हुआ था, पर तब इस तरह की कोई सम्भावना उसके अपने मन में नहीं आई थी। वह इतिहास की कुछ छात्राओं को राजस्थान घुमाने ले गई थी। जयपुर में जहाँ उनके ठहरने की व्यवस्था थी, उसके पास ही श्रीनिवास का बँगला था, सो परिचय हो गया। दूसरे दिन शाम को उसने पन्द्रह लोगों की इस पार्टी को अपने लॉन में चाय पिलाई। बातचीत राजनीति शिक्षा से गुजरती हुई भारतीय संस्कृति और उसके विघटन पर आकर टिकी थी। तब नीलिमा का ध्यान एकाएक अपने साथ की लड़कियों पर गया, जो टूरिस्ट-वेश में भारतीय कम और विदेशी ज़्यादा लग रही थीं। पर वह समझ नहीं पाई कि बात सामान्य तौर पर कही गई थी या किसी विशेष को लक्ष्य करके। व्यक्तिगत जीवन के बारे में वह इतना ही जान पाई थी कि श्रीनिवास विधुर है, और उसकी एक लड़की शान्ति-निकेतन में पढ़ती है।

लौटते समय किसी तरह की कोई बात उसके मन में नहीं थी, सिवाए इस छाप के कि श्रीनिवास एक धनी, शिष्ट और निहायत ही 'सोफेस्टिकेटेड' किस्म का आदमी है। पर दो महीने बाद ही जब वह दिल्ली आकर उससे मिला और बहुत आग्रह से खाने पर आमन्त्रित किया, तो पहली बार उसके मन में कहीं हलके-से एक सम्भावना का उदय हुआ। लौटते समय तक यह सम्भावना चाह में बदलने लगी थी। उसे लगा था कि श्रीनिवास ही वह व्यक्ति है जो उसे उसके दमघोंटू कमरे से बाहर निकाल सकता है।

लौटकर श्रीनिवास ने धन्यवाद का एक औपचारिक पत्र लिखा था, पर नीलिमा को अपने मन की कोरी स्लेट पर यह औपचारिकता भी बड़ी आत्मीय लगी थी। उसने श्रीनिवास को उत्तर दिया था—इस आग्रह के साथ कि जब भी वह दिल्ली आए, उससे ज़रूर मिला करे। तीन महीने में ही श्रीनिवास के तीन चक्कर लगे और तीसरी मुलाक़ात में ही इस सामान्य परिचय को 'विशेष' रूप देने का प्रस्ताव उसके सामने था और उसे बाबू के शब्द याद आ रहे थे...'मेरी नीलू किस्मत की ऐसी धनी है कि बीहड़ रास्ते पर भी कदम बढ़ा दे तो सारा झाड़-झंखाड़ हट जाएगा और वह रास्ता राजमार्ग बन जाएगा'। उसे सचमुच ही राजमार्ग दिखाई देने लगा, जो श्रीनिवास के बँगले पर जाकर समाप्त होता था।

श्रीनिवास जयपुर छोड़कर दिल्ली आ गया और नीलिमा कॉलेज और होस्टल छोड़कर श्रीनिवास के गोल्फ-लिंकवाले फ्लैट में आ गई। उसका पूरा-का-पूरा कमरा लकड़ी के बक्सों में बन्द होकर गोल्फ लिंक आया। इस घर में अति आधुनिक ढंग के सजे-सजाए चार कमरे थे और नीलिमा के सामान के लिए उसमें विशेष गुंजाइश नहीं थी, इसलिए उसे ऊपर की दुछत्ती में चढ़ाकर बन्द कर दिया। दो सीखे-सिखाए चुस्त नौकर नीलिमा की सेवा में थे और श्रीनिवास उसकी छोटी-से-छोटी इच्छा को भी आदेश के रूप में लेता था। लम्बे अरसे से एक कमरे में बन्द नीलिमा अब चारों कमरों में घूमती। बिना किसी काम के खाली-खाली घूमना भी बहुत अच्छा लगता।

श्रीनिवास को अपने काम के सिलसिले में बाहर बहुत घूमना पड़ता था। शुरू में नीलिमा ने भी साथ जाना शुरू किया। दोहरा आकर्षण था—श्रीनिवास के साथ का और नई-नई जगह देखने का, पर जल्दी ही उसने जाना छोड़ दिया क्योंकि श्रीनिवास अपने काम में लगा रहता था और वह अकेली-अकेली बोर होती थी।

श्रीनिवास का काम था कि बढ़ता ही जा रहा था और उसे विश्वसनीय लोगों की आवश्यकता थी। उसने इच्छा प्रकट की कि यदि नीलिमा उसके काम में हाथ बँटाए तो बाहर जाते समय वह अधिक

आश्वस्त रह सकता है। नीलिमा महसूस करती थी कि वह श्रीनिवास के जीवन की, उसके हर काम की भागीदार है, सो उसने स्वीकार कर लिया और अब वह घर के चार कमरों से बढ़कर ऑफ़िस के सात कमरों तक फैल गई। श्रीनिवास की अनुपस्थिति में वह नियमित रूप से सवेरे से शाम तक ऑफ़िस में बैठती और जब घर भी आती तो ऑफ़िस साथ ही आता था। विशेष रुचि न होने पर भी वह इस काम को पूरी मेहनत से करती थी, पर बिना रुचि की मेहनत उसे जल्दी ही थका देती थी।

रविवार को उसका मन होता था कि सब तरफ़ से काटकर वह अपने को अपने कमरे में बन्द कर ले। श्रीनिवास नहीं होता था तो वह कर भी लेती थी। पत्रिकाएँ पढ़ती थी और न जाने कितने विचार उसके मन में उतरते थे, पर रविवार के बीतते ही ढेर सारे काम उसके सामने फैल जाते। एक बार उसमें उलझने के बाद उसे फिर किसी बात का ख़याल ही नहीं रहता।

ऐसे ही एक रविवार को एक अमरीकी पत्रिका के पन्ने पलटते हुए उसे मीरा पटेल का एक लेख दिखाई दिया। उसे याद आया कि यह विषय तो उसी का चुना हुआ था और उसने स्वयं इस विषय पर बहुत-सा काम भी किया था। मीरा को तब भी यह विषय बहुत पसन्द आया था। नीलिमा की नज़र ऊपर उस दुछत्ती की ओर उठी, जिसके बौने से दरवाज़े पर ताला झूल रहा था। वह याद करने लगी कि जिन फाइलों में इस विषय से सम्बन्धित सामग्री है, वो किस बॉक्स में बन्द होगी। आज वह ज़रूर उस बॉक्स को निकालेगी।

शाम को उसने नौकर से बाँस की सीढ़ी लगवाई। उस सीढ़ी पर चढ़ते हुए उसे थोड़ा डर ज़रूर लगा, फिर भी ऊपर पहुँच गई। उसने नौकर को बुलवाया और दो बाक्स खुलवाए। उनमें से कुछ पुस्तकें, पत्रिकाएँ और फाइलें लेकर वह नीचे उतरी। उसने उन्हें सारे पलंग पर फैला लिया। अपने ही लिखे हुए पन्ने उसे बड़े अपरिचित से लग रहे थे और उसे जैसे विश्वास ही नहीं हो रहा था कि यह सब उसी ने लिखा

है। रात बड़ी देर तक वह पढ़ती रही और उसने सोचा कि एक बार फिर वह कुछ समय के लिए अपने को सब ओर से काटकर इसी काम में लगाएगी और जुटकर इन्हें 'रिवाइज' करके छपने भेज देगी। बहुत दिनों बाद उसे यों अपने-आपमें सिमट आने की अनुभूति बहुत सुखद लग रही थी। और वह अतिरिक्त रूप से उल्लसित थी।

दूसरे दिन शाम को ऑफ़िस से लौटकर नीलिमा फिर अपने कागज़-पन्नों में डूब गई। आठ बजे के क़रीब नौकर ने याद दिलाया कि श्रीनिवास का प्लेन नौ बजे आनेवाला है तो वह झटके से उठी। सारे कागज़ समेटकर उसने साइड-टेबिल पर रखे और उन पर पेपरवेट रख दिया। फिर वह पाँच मिनट में तैयार होकर पालम की ओर चल दी।

रात ग्यारह बजे के क़रीब नीलिमा श्रीनिवास की बाँह का तकिया बनाए हुए लेटी थी। श्रीनिवास बहुत उल्लसित था। नीलिमा ने यहाँ का काम बहुत अच्छी तरह सँभाल लिया था और इस बार वह काम बढ़ाने की अनेक सम्भावनाओं को साथ लेकर आया था। बड़े गद्गद-से स्वर में अपनी सारी योजनाएँ बताते हुए उसने कहा, "नीलू, तुम्हारे बाबू ठीक ही कहते थे। जब से तुम आई हो, मैं धूल भी हाथ में लेता हूँ तो सोना हो जाती है। इस बार यह प्लांट लग गया तो सचमुच सोना ही उगलेगा।"

ऊपर पूरी तेज़ी के साथ पंखा चल रहा था, बगल में श्रीनिवास के खर्राटों की हलकी-सी आवाज़ आ रही थी और इन दोनों की मिली-जुली आवाज़ों में पेपरवेट के नीचे फरफराते कागज़ों की आवाज़ डूब-सी गई थी।

ऊँचाई

दोनों में से शायद कोई भी नहीं सोया था, हाँ, उनके बीच का प्यार और अपनत्व सो गया था। सो ही नहीं गया था, शायद मर गया था। एक ही पलंग पर दोनों के शरीर पास-पास लेटे थे पर मन के बीच एक अनन्त दूरी आ गई थी। शिवानी के मन में कहीं बहुत गहरे एक टीस अवश्य थी, पर ऊपर की उस जड़ता को क्या करे जो उस टीस का पूरी तरह अहसास भी नहीं होने देती थी, जिसके नीचे अतीत, वर्तमान और भविष्य सभी कुछ इस प्रकार घुलमिल गए थे कि वह तीनों को अलग-अलग करके देख ही नहीं पा रही थी। आठ वर्ष के सुखद विवाहित जीवन की मधुर घड़ियाँ, किसी भी क्षण टूट जानेवाला वर्तमान का यह तनाव और अनिश्चित भविष्य का अन्धकार उसे न कहीं से पुलकित कर रहा था, न खिन्न, न भयभीत। हाँ, कल सारे दिन उसने यह प्रतीक्षा अवश्य की थी कि शिशिर उससे कुछ बोलेगा; उसे डाँटे-फटकारेगा, सफ़ाई माँगेगा या अपने इस तरह एकाएक चले आने पर पश्चात्ताप करता हुआ समझौता कर लेगा। बीस घंटे की रेल-यात्रा में उसने आपस में होनेवाली बातों की अनेकानेक कल्पनाएँ की थीं, पर इस जटिल गाँठ को न खोल पा सकनेवाली ये चन्द औपचारिक बातें, यह असह्य तनाव तो अप्रत्याशित ही था।

और जब रात आई तो शिवानी को लगा कि शायद इस रात के ख़ामोश सन्नाटे में ऐसा कुछ होगा, जिसकी वह सारे दिन से प्रतीक्षा

करती आई है। बिना एक शब्द भी बोले केवल देह की निकटता और स्पर्श, ये दोनों को कहीं इतना पास ले आएँगे कि सारे तनाव ढीले हो जाएँगे और मन का सारा मैल आँसुओं में बह जाएगा, पर वैसा भी कुछ नहीं हुआ। पास लेटे शिशिर के शरीर की हर हरकत ने पहले उसके मन में आशा जगाई और फिर क्षोभ। जैसे-जैसे समय बीतता गया शिवानी के मन की सारी कोमलता, कठोरता और जड़ता में बदलती चली गई और उसे लगने लगा जैसे वह कुछ भी महसूस करने में असमर्थ हो उठी है।

बिस्तर पर लेटे रहना जब असह्य हो गया तो वह उठी, कन्धे पर शॉल और पैरों में चप्पल डालकर बाहर निकल आई। बीतते नवम्बर के कोहरे का धुँधलका चारों ओर छाया हुआ था। बड़ा-सा बगीचा, चारों ओर लम्बे वृक्ष और छोटी झाड़ियाँ ओस में भीगी और अँधेरे में डूबी खड़ी थीं। मन की शून्यता को और गहरा देनेवाला सन्नाटा था। उसने समय का अन्दाजा लगाना चाहा, पर लगा नहीं पाई, हाँ, पूर्व की ओर कोहरे को चीरकर सफ़ेदी की हलकी-सी आभा ज़रूर झलक मार रही थी। उसने शॉल को अच्छी तरह अपने चारों ओर लपेटा और चार सीढ़ियाँ उतरकर लाल बजरी की सड़क पर आ गई। अँधेरी सड़क पर पेड़ों की खामोश, उदास छायाएँ गहरे काले रंग के धब्बों के रूप में फैली-बिखरी पड़ी थीं। चलकर वह फाटक के पास बने कुएँ पर आ गई। कुछ देर इधर-उधर देखती वहीं खड़ी रही, फिर उसी की जगत पर बैठ गई। हवा की ठंडक और नमी से धीरे-धीरे उसकी जड़ता गलने लगी और सबसे पहले उसके मन में आया कि वह यहाँ क्यों आई?

पन्द्रह दिन पहले शिशिर बिना कुछ बोले-सुने यहाँ चला आया था। उस दिन उसका बड़ा मन हुआ कि दोनों बाँहों से पकड़कर शिशिर को रोक ले, पर कहीं से वह इतनी अवश हो उठी थी कि उससे हिला तक न गया। जाने का प्रसंग, जाने का ढंग, जैसे सब चीख़-चीख़कर उसे कह रहे थे कि शिशिर केवल उसके घर से ही नहीं, उसके जीवन से

भी जा रहा है, पर वह थी कि न उसे समझ पाई, न स्वीकार पाई। मिलकर बिताए हुए सुख-दुख के आठ साल क्या इस तरह झुठलाए जा सकते हैं? और फिर जो कुछ हो गया वह क्या इतनी बड़ी बात थी जिसके लिए यह सम्बन्ध टूट जाए? कितना गहरा था उनका यह सम्बन्ध और कितनी गहरी आस्था थी उस सम्बन्ध के प्रति! उस आस्था ने ही तो उससे बिना किसी दुविधा-संकोच के वह सब करवा लिया था जो किसी भी नारी के लिए शायद असम्भव है। शिशिर के जाने के बाद के पन्द्रह दिन अनमने और उदास-से बीते थे, पर यह तो कभी नहीं लगा था कि वह आएगा नहीं। यह आशंका मन में आती और निकल जाती, दो क्षण को भी तो जम नहीं पाती थी। यों तो दोनों में कितनी ही बार लड़ाई होती थी, कई दिन तक बोलचाल बन्द रहती थी, पर जिस दिन समझौता होता, वे दोनों कहीं और ज़्यादा पास आ जाते। हर बार यह झगड़ा उन्हें निकट-से-निकटतर ही लाया था और इसीलिए जिस दिन उसे शिशिर का पत्र मिला था कि '25 तारीख़ की गाड़ी पकड़कर 26 को राजगिरि पहुँचो, मैं स्टेशन पर तुम्हारी प्रतीक्षा करूँगा' तो एकाएक ही उसके मन का सारा बोझ हलका हो गया था। एक बार भी उसके मन में नहीं आया कि इस बार की घटना, इस बार का कारण पहले से बिलकुल भिन्न है, इसलिए इसका परिणाम भी भिन्न ही होगा। 26 को जब वह दो डिब्बों की ट्रामनुमा गाड़ी से राजगिरि स्टेशन पर उतरी तो शिशिर खड़ा था। देखकर यह ज़रूर लगा था कि पन्द्रह दिन में ही जैसे शिशिर कहीं से बहुत बदल गया है—इतना कि पहचानने में भी तकलीफ़-सी हुई थी।

कहीं दूर से भोजपुरी गीत की एक कड़ी हवा की लहरियों पर थिरकती हुई आई और मन के सारे तारों को झनझना गई। शिवानी की इच्छा हुई कि कोई पास बैठकर बहुत ही दर्दनाक गीत उसे सुनाए। पता नहीं कौन...दूर-ही-दूर से गाता हुआ चला गया!

वह आज ही वापस लौट जाएगी। जो कुछ हुआ है उसे स्वीकार कर लेने में ही सार है। निश्चय उसने कर लिया, पर अपने निश्चय के

परिणाम की, अपने भविष्य की कोई भी तसवीर उसके मन में नहीं उभरती थी। शायद अभी भी मन की आस्था ने कल्पना को जकड़कर निश्चेष्ट बना रखा था। एक ठंडी निःश्वास के साथ उसकी आँखें छलछला आईं।

अतुल इस बात को जानेगा तो कितना दुखी होगा, अपने को कितना-कितना कोसेगा और साथ ही एक बड़ी अज़ीब-सी बात उसके मन में आई—मान लो भावावेश में आकर वह कह दे, 'मेरे कारण, मेरी ज़रा-सी खुशी के कारण तुमने अपने को बर्बाद कर लिया शीनू, अब—अब मुझे बनाने का अवसर और अनुमति भी दो...।'

पास की झाड़ियों के पत्तों को हलके-से सरसराता, कँपाता शीतल हवा का एक झोंका निकल गया। शिवानी ने सिर ढक लिया, उसे कानों पर बड़ी सरदी लग रही थी।

आँखों की तराइयाँ घनी हो उठीं और पलकों की कगारों के बीच आँसू उमड़-उमड़कर आने लगे...और वे क्षण...

पानी, चारों ओर पानी। उमड़ता-घुमड़ता, लहराता समुद्र। प्रिटी रेत में खेल रहा था और वह बड़े अनमने भाव से समुद्र के वक्षस्थल पर उठती-गिरती लहरों को देख रही थी। उसका मन बेहद उदास था। शिशिर हमेशा इसी तरह प्रोग्राम बिगाड़ता है। व्यर्थ ही वह अकेली चली आई, उसे शिशिर के साथ ही आना चाहिए था। अब वह यहाँ नहीं ठहरेगी...एक महीने को ही तो प्रिटी घर आया है, और वह महीना सबको साथ ही बिताना चाहिए। दो दिन में ही वह लौट जाएगी। साँझ खूब गहरा आई, तट निर्जन हो गया और समुद्र का पानी अँधेरा घुल जाने से काला हो गया तो प्रिटी का हाथ पकड़कर वह लौट पड़ी थी।

अचानक अपना नाम सुनकर वह चौंकी और जब मुड़कर देखा तो सामने खड़े व्यक्ति को पहचानने में उसे दो मिनट लग गए थे। पर जब पहचाना तो बेहद आश्चर्य में लिपटा स्वर निकला था, "अरे अतुल! यहाँ कैसे?"

"मैं बड़ी देर से तुम्हें बैठा हुआ देख रहा था, पर पता नहीं क्या सोचकर पास नहीं आया। जब तुम जाने लगीं तो लगा अभी भी बात नहीं करूँगा तो फिर तुम्हारा पता पाना भी मुश्किल हो जाएगा। ठहरी कहाँ हो?" अन्धकार में तीनों धीरे-धीरे चले जा रहे थे।

"पुरी होटल में, तुम कहाँ ठहरे हो?"

"रामकृष्ण मिशनवालों का एक मठ है, उसी में रहने की व्यवस्था कर ली है। बच्चे को लेकर अकेली आई हो?"

"हाँ।" और वह सोचने लगी कि क्या प्रिटी की शक्ल उससे इतनी ज़्यादा मिलती है कि उसे उसका बच्चा ही माना जाए?

और होटल आया उसके पहले ही उसे लगने लगा जैसे उसके पास बात करने के लिए कुछ रह ही नहीं गया है। शिशिर के न आने से वह यों ही उदास हो रही थी, कुछ भी करने को मन नहीं कर रहा था, फिर ग्यारह साल के अन्तराल में अब वह सब कुछ भूल भी तो गई थी। समझ ही नहीं पा रही थी, क्या बात करे। उसके दिमाग़ में कोई भी तो पुरानी बात नहीं उभर रही थी। होटल आ गया तो एक क्षण को ठिठकी, फिर बोली, "चलो कुछ देर बैठकर जाना।"

पर स्वर की उदासी से स्पष्ट ही था कि ये केवल शब्द-भर ही हैं, इनमें ठहरने का कोई आग्रह नहीं। अतुल भी समझ गया।

"नहीं, ठहर तो नहीं सकूँगा।"

"आप अकेले ही हैं न?" पता नहीं क्या जानने के लिए शिवानी ने पूछा।

"हाँ।"

"तो कल सवेरे चाय पीने इधर ही आइए!" और फिर उसे खुद ही बड़ा विचित्र लगा। अगर वह अकेला नहीं होता तो क्या वह उसे नहीं बुलाती?

"आप ज़रूर आइए, परसों शायद मैं वापस लौट जाऊँ।"

"अच्छा, आऊँगा।"

दूसरे दिन जब अतुल आया तो पहले दिन की उदासी और

औपचारिकता समाप्त हो चुकी थी। सारे दिन दोनों साथ रहे, तीसरे दिन भी शिवानी नहीं गई और अतुल उसके होटल में ही रहा। ग्यारह साल के अनुभवों को दोनों ने एक बार फिर से दोहरा दिया और हँसती हुई शिवानी बोली, ''कहते हैं दुनिया बहुत बड़ी है, पर देखती हूँ दुनिया है काफ़ी छोटी। देखो न, घूम-फिरकर हम लोग आखिर मिल ही गए!''

''हाँ, मिल तो गए लेकिन...''

अतुल हँसा, पर उसकी हँसी में कहीं दर्द था, मानो कह रहा हो, 'जब सबकुछ समाप्त हो गया हो तब मिलना-न-मिलना बराबर ही है।'

एक क्षण को शिवानी की आँखें उसके चेहरे पर स्थिर होकर जम गईं–'क्या अतुल के मन में कहीं कुछ दुख है?'

''सुनो, तुम मेरे साथ कलकत्ता चलो। शिशिर तुमसे मिलकर बहुत प्रसन्न होंगे। नाम से तो वे तुम्हें जानते ही हैं–शादी के बाद ही मैंने उन्हें सभी कुछ बता दिया था। बोलो, चलोगे?''

''नहीं, कलकत्ता जाकर क्या करूँगा? तुम्हारे शिशिर बाबू को खुश करने के लिए वहाँ तक चला चलूँ, इसमें भी कोई तुक हुई भला?''

प्रिटी के बाल बनाते-बनाते ही शिवानी ने कहा, ''शिशिर के प्रति तुम्हारी इस अरुचि का कारण जान सकती हूँ?''

''जिस व्यक्ति को मैं जानता ही नहीं, उसमें रुचि-अरुचि का प्रश्न कहाँ से उठता है भला?''

''ईर्ष्या तो नहीं है?'' एक हाथ में कंघा और दूसरे में प्रिटी की ठोड़ी को पकड़ते हुए उसने अतुल के मन में बैठने का प्रयत्न करते हुए पूछा।

''ऐसे घूर-घूरकर क्या देख रही हो? हो भी तो कोई अस्वाभाविक नहीं है।'' अतुल की हँसी कितनी बदल गई है! और शिवानी के सामने ग्यारह साल पहले के अतुल के हँसते हुए अनेक चेहरे उभर गए।

''जो व्यक्ति स्वेच्छा से अपनी वस्तु को छोड़कर दो साल तक

उसकी कोई ख़बर भी नहीं ले, उसे ईर्ष्या या शिकायत करने का कोई अधिकार तो नहीं है।"

"शिकायत तो मैंने नहीं की। अधिकार-अनाधिकार की अपनी सीमाएँ भी मैं जानता हूँ शीनू, तुम्हें बतानी न होगी।"

अतुल कलकत्ता नहीं गया, पर जब शिवानी कलकत्ता के लिए रवाना हुई तो उसने वायदा किया कि जुलाई में जब वह प्रिटी को उसके स्कूल छोड़ने के लिए जाएगी तो एक दिन के लिए अवश्य इलाहाबाद रुकेगी।

ट्रेन चल पड़ी तो शिवानी इस आकस्मिक मुलाक़ात के संयोग पर ही सोच रही थी। अतुल के एकाकी जीवन के प्रति उसके मन में हलके-से दर्द का अहसास भी था और सन्तोष का भी...पर वैसा तो कुछ भी नहीं हुआ था इस मुलाक़ात में कि त्रिकोण की कोई समस्या आती। आठ साल का सुखी जीवन बिताकर, दो बच्चों की माँ होकर ऐसी किसी स्थिति की सम्भावना से कितनी दूर जा चुकी है, इसे वह खूब अच्छी तरह समझती थी।

"लो, तुम्हारे मित्र साहब का पत्र भी आ गया।" हलके पीले रंग का लिफ़ाफ़ा पकड़ाते हुए शिशिर ने मज़ाक किया था। शिवानी को लगा, चेहरे पर लिपटी हँसी स्वर के बिखराव को छिपा नहीं सकी है। वह एक क्षण को रुकी, ग़ौर से शिशिर के चेहरे को देखा तो बड़ा नामालूम-सा आघात उसके मन पर लगा। फिर भी उसने बड़े सहज-स्वाभाविक ढंग से पत्र लेकर पढ़ा और वापस लिफ़ाफ़े में डाल दिया। पति के मन में उठी हलके-से संशय की कोर को मिटाने के लिए उसने एक बार भी यह नहीं कहा, 'लो, पढ़कर देख लो क्या लिखा है।'

सन्देह उठे ही क्यों? और यदि अकारण ही सन्देह उठता है तो फिर ऐसे शंकालु व्यक्ति को थोड़ा-सा कष्ट सहना ही चाहिए।

पर उस दिन जो सन्देह का बीज उगा, उसने शिवानी से कहीं कुछ ग़लत करवा ही लिया। फिर भी, ज़रा-से ठंडे दिमाग़ से सोचो तो सारी

बात कितनी तुच्छ है...और फिर शिशिर के लिए, जिसने नैतिकता, प्रेम, विवाह, सेक्स, सबको नापने के लिए अपने अलग गज़ बना रखे थे। एक ही बार नापने का मौक़ा आया तो गज़ छोटा पड़ गया।

"यहाँ सर्दी में क्यों बैठी हो?" शिवानी चौंक उठी। ओस की उजली आभा चारों ओर फैल चुकी थी, उसे पता ही नहीं लगा। उसने शिशिर की ओर देखा।

"भीतर चलो।" बाहर की सर्दी से भी ज़्यादा सर्द शिशिर का स्वर था। शिवानी कुछ बोली नहीं, चुपचाप शिशिर के पीछे हो ली।

"बिना नहाए ही नाश्ता करके चलते हैं। पहले पहाड़ चढ़ेंगे, फिर उतरकर वहीं गरम पानी के सोतों में नहाकर लौट आएँगे।"

जब चले तो बड़ी सुहानी धूप बिखरी पड़ी थी और चारों तरफ़ का सभी-कुछ एक अज़ीब निखार के साथ चमक रहा था।

"यह विपुलाचल है।" सामने के पहाड़ की ओर संकेत करके शिशिर ने बताया, तो शिवानी ने गर्दन ऊँची करके और पलकों को कपाल पर चढ़ाते हुए उसकी ऊँचाई को नापने का प्रयत्न किया।

"पहले इसी पर चढ़ेंगे। जैनियों का तो यह तीर्थ स्थान है। ऊपर जैन मन्दिर भी है।"

"चलिए।" इस अतिरिक्त आदर से अगली बात शिशिर के गले में ही अटक गई।

पहाड़ पर मार्ग के नाम पर एक पतली-सी पगडंडी बन गई थी, हालाँकि उसका रास्ता भी चारों ओर के झाड़-झंखाड़ से काफ़ी बीहड़-सा ही था, फिर भी जहाँ चढ़ाई एकदम सीधी थी, वहाँ पत्थर डाल-डालकर चढ़ने के लिए सीढ़ियाँ-सी बना रखी थीं। शिशिर ने पगडंडी पर दो कदम रखे ही थे कि शिवानी ने कहा, "पगडंडी से क्या चढ़ना, यहाँ से तो सभी चढ़ते हैं। चढ़ना ही है तो इस जंगली रास्ते से चढ़ो।" और वह जहाँ-की-तहाँ रही। कहा भी उसने ऐसे ही था मानो बस कह दिया, कोई सुने-न-सुने।

शिशिर के पैर थम गए...पीछे घूमा और धीरे-से बोला, "पगडंडी

से भी चढ़ाई बहुत ऊबड़-खाबड़ है, बिना पगडंडी के तो आधा रास्ता भी तय नहीं होगा।''

शिवानी कुछ नहीं बोली, बस चढ़ना शुरू कर दिया। चप्पल उसने हाथ में ले ली थी और हाथ टेकती, झाड़ियों से अपने को बचाती-बचाती वह चढ़ रही थी और उसे कभी मसूरी की याद आ रही थी, जहाँ कैम्टी फॉल पर चढ़ते समय दोनों हाथ पकड़कर चढ़ रहे थे तो कभी चार महीने पहले का वह दिन याद आ रहा था, जब अतुल के पत्र को लेकर शिशिर ने उससे पूछा था, ''जो कुछ इसमें लिखा है, वह सच है?''

शिवानी एक क्षण को विमूढ़-सी उसे देखती रही थी...यह पत्र उसने कहाँ से निकाला? और फिर बिना तनिक भी सहमे या स्वर को कँपाए सहज भाव से कहा था, ''सच न होता तो लिखता ही क्यों? और इसके बाद वह तैयार हो गई थी कि शिशिर घर में तूफ़ान मचा देगा, चीज़ें उठा-उठाकर फेंकेगा...अपने और उसके बाल नोचेगा। भिंची हुई मुट्ठियों को हवा में उछाल-उछालकर चीखेगा-चिल्लाएगा...पर वैसा कुछ भी नहीं हुआ था। वह चुपचाप अन्दर चला गया था और दो घंटे बाद उठकर उसने सूटकेस में अपने कपड़े रखे और बिना एक शब्द भी बोले घर से निकल गया था।

मौन भाव से शिवानी सबकुछ देखती रही थी। बड़ी ज़ोर से उसका मन हो रहा था कि दोनों बाँहों से पकड़कर उसे बिठा दे और सारी बात समझा दे, पर बात गले में ही अटककर रह गई, जब सीढ़ियाँ उतरा, तब भी रोक नहीं पाई। जाने कैसी विवशता से जकड़ी बैठी रही!

शिशिर का यह सुलगता गुस्सा, यह मौन गृह-त्याग, सबकुछ उसे बड़े स्वाभाविक लगे थे, पर साथ ही अपने को भी वह एक क्षण तक के लिए भी अपराधी नहीं मान पाई थी। आख़िर मैंने ही ऐसा कौन सा पाप कर दिया?

उसके बाद वे उदास, अनमने पन्द्रह दिन भी एक-एक करके उसकी आँखों से गुजर गए। इन दिनों उसने अतुल को एक भी पत्र

नहीं लिखा। कुछ भी तो करने को उसका मन नहीं होता था। कहीं से वह बड़ी निर्जीव और पंगु हो उठी थी।

ऊपर पहुँचे तो रास्ते का झाड़-झंखाड़ समाप्त हो चुका था और चौड़ी समतल भूमि थी, जिसके बीच में मन्दिर बना हुआ था। मन्दिर इस समय बन्द था, पर जालीदार दरवाज़ों में से भगवान की संगमरमर की मूर्ति दिखाई दे रही थी और चन्दन, केसर और अगरबत्ती की मिली-जुली सुरभि हवा के साथ चारों ओर लहरा रही थी। पता नहीं वहाँ क्या था कि एक बार सबकुछ भूलकर उसका मन उसमें ही बँधकर रह गया! सारा शहर वहाँ से दिखाई दे रहा था—धूप में चमकता हुआ शहर। यों शहर के नाम पर वहाँ कुछ नहीं है, फिर भी पता नहीं ऐसा क्या था कि मन की सारी उदासी के बावजूद उसे सबकुछ बड़ा अच्छा लग रहा था! थोड़ी दूरी पर ही पत्थर की एक बैंच बनी हुई थी। चढ़ाई के मारे पैर चाहे पिड़ा रहे थे पर चढ़ते समय मन में जिस बोझ का अहसास हो रहा था, वह यहाँ आकर जैसे समाप्त हो गया।

उसने बिना देखे ही जान लिया कि शिशिर भी उसके पास आकर बैठ गया है। धूप में पड़ती उसकी प्रतिच्छाया के समानान्तर ही एक छाया और लेट गई थी। 'शिवानी!' आठ साल बाद उसने पहली बार शिशिर के मुँह से अपना पूरा नाम सुना। उसकी दृष्टि शिशिर के चेहरे पर स्थिर हो गई। बड़े विवश-से भाव से उसने दोनों हाथों को मसलते हुए कहा, "मेरी कुछ भी समझ में नहीं आ रहा है कि आख़िर बात कहाँ से शुरू करूँ। सच ही तो है, जो बात समाप्त ही हो गई हो उसे कोई भला शुरू भी कहाँ से करे?"

शिवानी उसी तरह अपलक नेत्रों से उसकी ओर देखती रही, मानो विश्वास करने का प्रयत्न कर रही हो कि क्या बात सचमुच ही समाप्त हो गई?

"देखो, उस दिन आवेश में बिना कुछ कहे मैं चला आया और पिछले पन्द्रह दिन से मैं यहाँ एक तरह से अपने से लड़ ही रहा हूँ। कई तरह से अपने को समझाने का प्रयत्न किया, पर हर बार यही लगा

कि बात जैसे बहुत-बहुत आगे पहुँच चुकी है, पीछे लौटने की तो कोई भी राह अब बची नहीं। इसी बात पर आश्चर्य होता है कि अपनी छोटी-से-छोटी बात को भी यों निर्द्वन्द्व भाव से मुझसे कह देने को आतुर तुम, इतनी आगे बढ़ गई और मैं जान भी नहीं पाया!''

एकाएक ही शिशिर का स्वर भीग उठा। ''दोहरी चोट तुमने मुझ पर की—एक ओर बेवफ़ाई तो दूसरी ओर धोखा, छल...''

''तुम विश्वास कर सकते हो कि मैं तुम्हारे साथ धोखा कर सकती हूँ, तुम्हें छल सकती हूँ?'' बीच में ही बात काटकर शिवानी ने पूछा। उसकी आँखों की कोर नम हो उठी थी।

''किस आधार पर अविश्वास करूँ, कौन सा कारण है जो विश्वास न करूँ—तुम अपना शरीर तक एक पुरुष को दे आई और कैसे इतनी बड़ी बात को पचाकर बड़े स्वाभाविक ढंग से चल पड़ी?'' आवेश में शिशिर की मुट्ठियाँ भिंच गईं, पर स्वर उसका बेहद निर्जीव था...शब्द जैसे उसके गले से निकल ही नहीं रहे थे।

''शरीर देने के बाद औरत के लिए अस्वाभाविक हो जाना क्या अनिवार्य ही है? और छिपाने के पीछे भी तुम्हें धोखा देने या छलने का उद्देश्य क़तई नहीं था। सिर्फ़ इसलिए छिपाया था कि तुमसे सहा नहीं जाता, तुम बहुत कष्ट पाते। अतुल के पत्रों से ही तुम कहीं कचोट का अनुभव करते थे।''

''पर मुझे कष्ट हो या जिसे मैं सहन नहीं कर पाऊँ, ऐसा काम ही तुमने क्यों किया? क्यों किया तुमने ऐसा काम?''

ऊपर हवा ज़्यादा ठंडी थी इसलिए चढ़ाई के कारण जो पसीना चेहरे पर चमक आया था, वह सूख गया और शरीर की गर्मी भी हवा की ठंडक के साथ बह गई। शॉल को अपने चारों ओर अच्छी तरह लपेटते हुए शिवानी ने धीरे-से कहा, ''जैसी स्थिति थी, उसमें लगा कि यदि यह नहीं करूँगी तो मुझे बहुत कष्ट होगा। अपना दायित्व पूरा न कर पाने के कारण शायद मैं अपने को कभी क्षमा नहीं कर पाऊँगी। विश्वास करो शिशिर, जो कुछ भी किया तुम्हें कष्ट देने के लिए नहीं,

अपने को कष्ट से बचाने के लिए किया। और तुम्हें कष्ट न हो इसीलिए तुम्हें कुछ बताया नहीं, विश्वासघात की बात तो मेरे मन में थी भी नहीं।..."

"अपनी हर बात को बड़े कौशल से जस्टिफाई करने से ही कोई ग़लत बात सही नहीं हो जाती शिवानी!" फिर आरी की तरह फँसी हुई दोनों हाथों की उँगलियों को झटके से अलग करके सारी बात को समाप्त करने के अन्दाज़ में उसने कहा, "कष्ट से बचाया, इसके लिए शुक्रगुज़ार हूँ और सोचता हूँ, इस पर अब अधिक बहस न करके तुम्हें हमेशा के लिए अपने से मुक्त ही कर दूँ। यों यह बात मैं तुम्हें लिखकर भी बतला सकता था, पर जाने क्यों लगा कि जिस तरह विवाह के लिए दोनों की उपस्थिति अनिवार्य है, वैसे ही विच्छेद के समय भी दोनों को ही उपस्थित रहना चाहिए।"

आँसुओं को आँखों में ही पीने का भरसक प्रयत्न करते हुए उसने सीधी नज़रों से शिवानी को देखा—शायद, वह अपनी बात की प्रतिक्रिया उसके चेहरे पर देखना चाहता था, पर पानी की हलकी-सी परत के पार दीखते शिवानी के नक़्श बहुत धुँधले हो उठे थे। शिशिर के कान एक मर्म-विदारक सिसकी सुनने के लिए और उसकी बाँहें शिवानी की निर्जीव देह को सँभालने के लिए अधीर-सी हो रही थीं। पर वैसा कुछ भी तो नहीं हुआ—न शिवानी रोई, न कटे पेड़ की तरह उसकी बाँहों में ही आ गिरी। उसने बिना पलक उठाए केवल इतना ही कहा, "यदि हमारे सम्बन्धों का आधार इतना छिछला है, इतना कमजोर है कि एक हलके से झटके को भी सँभाल नहीं सकता, तो सचमुच उसे टूट ही जाना चाहिए।" अपना ऐसा निर्जीव और भाव-विहीन स्वर उसके अपने लिए भी अपरिचित था। उसने आँखें ज़रूर उठाईं पर शिशिर की ओर नहीं देखा, बस यों ही निरुद्देश्य-सी आसमान की ओर देखने लगी।

आसमान में सफ़ेद पक्षियों का एक झुंड बन्दनवार-सा बनाता, धूप में अपने पंखों को झिलमिलाता, उन दोनों के सिर के ऊपर से उड़ गया।

"सम्बन्धों की बात तुम मत करो, तुम्हें तो कोई हक़ भी नहीं है... तुम जैसी औरत क्या समझेगी इस सम्बन्ध की पवित्रता को?"

शिशिर के मन का सारा ज़हर, सारी कटुता उसके स्वर में भी छलकी पड़ रही थी। उसका मन हो रहा था कि दोनों हाथों से दबोचकर शिवानी को झकझोर डाले...इतना-इतना कि वह चीख़कर कह उठे, 'शिशिर, मुझसे गलती हो गई, मुझे माफ़ कर दो। तुम्हारे बिना मैं नहीं रह सकती...रह भी नहीं सकूँगी।' पर ऐसा कुछ नहीं हुआ तो वह अपना सारा आवेश हथेलियों को मसल-मसलकर निकालने लगा।

"शायद तुम ठीक ही कहते हो, क्योंकि अब तो सचमुच ही मुझे इस सम्बन्ध में कोई पवित्रता नज़र नहीं आती। मैं तो सोचती थी, यह सम्बन्ध इतना ज़्यादा पवित्र है कि सारे संसार की अपवित्रता भी इसमें आकर पवित्र हो जाती है, पर ज़रा-से स्पर्श से यदि..."

"बकवास बन्द करो," शिशिर एक तरह से चीख़-सा पड़ा और फिर दोनों एकाएक ही चुप हो गए। अज़ीब-सा था वह सन्नाटा भी। पथराई-सी नज़रों से शिवानी ने देखा कि उसकी छाया के पास की छाया हलके से काँपी और फिर धीरे-धीरे सरककर दूर होने लगी। वह अपलक नेत्रों से दूर होती उस छायाकृति को ही देखती रही, तभी सूरज आसमान में फैले एक दूधिया रेशमी बादल के टुकड़े की ओट हो गया और वह छाया बेहद धूमिल हो उठी। शिवानी ने उधर से नज़र हटा ली।

धूप के अभाव में हवा और भी ठंडी लगने लगी। उसने हवा में फरफराते अपने पल्ले को पकड़कर सिर ढक लिया और फिर अच्छी तरह गर्दन के चारों ओर लपेट लिया, जिससे कानों में सर्दी न लगे। बादलों की परत शायद कुछ घनी हो उठी थी, इसीलिए सामने का सारा दृश्य, दूर-दूर तक फैले मैदान और उनकी सीमा निर्धारित करते पहाड़, सभी बड़े धुँधले हो उठे।

पहली बार शिवानी की आँखों में आँसू-भर आए और वे सारी धुँधली अस्पष्ट आकृतियाँ भी मात्र धब्बे-भर रह गईं, जो रह-रहकर

काँप जाती थीं। उसने घुटनों में अपना मुँह छिपा लिया। उसे अतुल के साथ बिताए दो दिन याद आए...वे दृश्य, वे बातें, वे स्पर्श...

अपने वायदे के अनुसार प्रिटी को लेकर वह सवेरे इलाहाबाद उतरी थी। अतुल के स्वागत और ख़ातिर से वह कहीं भीतर तक भीग उठी थी। अतुल दोपहर तक बस केवल प्रिटी के साथ खेलता रहा था... उसके लिए उसने ढेर-से खिलौने लाकर रखे थे और जब खाकर प्रिटी सो गया था, तो पहली बार दोनों ने आमने-सामने बैठकर बातें की थीं। शिवानी सवेरे से ही अतुल के सजे-सजाए घर को...बच्चे के प्रति उसके प्यार को देख रही थी और सोच रही थी उस अभाव की बात, जो वह उसके जीवन में भरकर चली गई है। पर वह तो उसके लिए उत्तरदायी नहीं। फिर भी जाने क्यों लग रहा था कि इस सबके बीच कहीं वह है।

"शायद इस तरह का प्रश्न पूछने का अधिकार तो मैं खो चुकी हूँ, फिर भी पूछ रही हूँ अतुल कि तुमने शादी क्यों नहीं की?"

अतुल मुस्कराया था। जाने कैसा दर्द-भरा व्यंग्य लिपटा था उस मुस्कराहट में कि शिवानी बस देखती ही रह गई!

"पता नहीं क्यों उस समय तो शादी की कोई इच्छा ही मन में नहीं जागी...फिर धीरे-धीरे जीवन का यही पैटर्न बन गया।" बड़े हताश-से स्वर में अतुल ने कहा था और शिवानी कुछ देर तक समझ ही नहीं पाई थी कि अब क्या कहे? फिर बोली, "जो पैटर्न है, उसमें तो देखती हूँ विवाह की बहुत ज़्यादा गुंजाइश है। कॉलेज का अच्छा जॉब है, सजा-सजाया घर है, निश्चित जीवन है, अब कौन सी बाधा है? ग्यारह साल पहले का वह अनिश्चित राजनीतिक जीवन भी अब तो पूरी तरह छूट गया है, फिर?"

अतुल ने कुर्सी की पीठ पर सिर को झुला दिया और आँखें भींच लीं। दो क्षण चुप रहने के बाद वह बोला, "मैं खुद नहीं जानता क्या बात है, पर शादी के लिए मन में कोई उत्साह नहीं पाता। ऐसा नहीं कि तुम्हारे बाद मेरे जीवन में कोई आया नहीं...दो लड़कियाँ आईं और

बहुत निकट आईं पर तुमसे कटकर मैं शायद कहीं से इतना ज़्यादा टूट चुका था कि फिर किसी के साथ उस तरह से जुड़ नहीं पाया। शायद मैं कहीं से बेहद जड़ हो गया हूँ—आई एम कम्प्लीटली डैड शीनू, कम्प्लीटली डैड। किसी लड़की को देने के लिए मेरे पास कुछ भी तो नहीं है। मरे हुए प्यार की लाश को मैं ढो रहा हूँ और उसे ढोते-ढोते मैं खुद लाश हो गया हूँ।'' स्वर भीगा...काँपा और फिर बिखर गया।

शिवानी की आँखों से दो बूँद आँसू चू पड़े थे।

उसके बाद रात को गाड़ी में बैठने तक दोनों में कोई बात नहीं हुई थी। और जब गाड़ी चल पड़ी, अतुल पीछे छूट गया तो वह तकिए में मुँह छिपाकर देर तक आँसू बहाती रही। किस बात पर उसे रोना आ रहा था, वह खुद नहीं समझ पा रही थी।

तीसरे दिन रात को बिना किसी प्रकार की सूचना दिए वह अपनी अटैची हाथ में लिए अतुल के क्वार्टर पर जा पहुँची थी। विस्मित पुलकित-सा अतुल उसे देखता रह गया था...''तुम, तुम कैसे? तुम तो तीन-चार दिन प्रिटी के साथ रहनेवाली थी न?''

''नहीं रुकी।'' अटैची को एक ओर रखकर कुर्सी पर बैठते हुए उसने जवाब दिया था।

''पर तुम...'' खुली हुई क़िताब को उलटी रखकर कुर्सी को शिवानी की ओर घुमाते हुए अतुल बोला तो आश्चर्य उसके स्वर में छलका पड़ रहा था। ''बिना सूचना दिए कैसे आ गई, क्यों आ गई, यही न?''

अतुल को कुछ भी समझ में नहीं आया कि वह क्या कहे।

''नहा लूँ, तब बात करूँगी।'' और वह उठ पड़ी। ऐसे मशीनी ढंग की दृढ़ता से वह बातें कर रही थी कि उसे स्वयं ही अपना व्यवहार बड़ा अपरिचित और पराया लग रहा था।

वह नहाने गई तो उसने नल को पूरा खोल लिया...उसे लग रहा था जैसे पानी के साथ उसके शरीर से केवल सफर की धूल ही नहीं

झड़ रही है, और भी बहुत-कुछ पुँछता-बहता चला जा रहा है। बड़ी देर तक वह पानी के नीचे खड़ी रही...मानो कुछ था जिसे वह पूरी तरह धोकर बहा देना चाहती थी।

नहाकर पीठ पर गीले बाल फैलाकर आई तो देखा अतुल ज्यों-का-त्यों बैठा है। सिगरेट के धुएँ की हलकी-सी परत से उसका चेहरा कुछ अस्पष्ट-सा दिखाई दे रहा था। शिवानी ने ट्यूब लाइट का स्विच बन्द कर दिया तो कमरे का दूधिया प्रकाश अँधेरे में डूब गया...केवल टेबल-लैम्प के बिखरते प्रकाश में सिमटी चीज़ें ही चमकती रह गईं।

"मुझे यह रोशनी जरा भी अच्छी नहीं लगती।" और शिवानी अतुल की कुर्सी के पास आकर खड़ी हो गई।

"खाना?"

"ट्रेन में खा लिया।" और वह कुर्सी के ही हत्थे पर बैठ गई।

"अतुल!"

अतुल चुप। सद्यःस्नाता शिवानी के शरीर की ताजगी, झरते बालों का गीलापन और बिनाका पाउडर की गन्ध...फिर भी अतुल चुप ही रहा। शिवानी धीरे-धीरे उसके बालों में अपनी उँगलियाँ फेरने लगी।

"तुम जानती हो शीनू, तुम क्या कर रही हो? यह सब मैं तुम्हें कभी नहीं करने दूँगा...कभी नहीं। मेरे लिए तुम अपना सारा संसार मिटाकर रख दो, तुम्हारी इतनी अनुकम्पा मुझसे सही नहीं जाएगी...।"

स्वर कहीं दूर घाटियों की गूँज की तरह आ रहा था। शिवानी अतुल के चेहरे को देख रही थी पर अतुल ने अपनी आँखें बन्द कर ली थीं और बाकी चेहरा उसका इतना जड़, इतना निर्विकार था कि शिवानी काँप गई। सिगरेट के धुएँ की पतली-सी लकीर दोनों के बीच में खिंची हुई थी...बस।

"अनुकम्पा की बात न कहो अतुल...इसे और चाहे जो नाम दे लो। तुम ऐसे अकिंचन नहीं कि तुम पर अनुकम्पा करूँ; और अपना सबकुछ मिटाकर देने की उदारता भी मुझमें नहीं है। मेरा कुछ भी मिटनेवाला नहीं है, इसलिए दे रही हूँ।" कहने के साथ ही उसे शिशिर

का ख़याल आया, पर उसे जबरन एक ओर ठेलकर उसने अतुल के होंठों पर अपने काँपते होंठ रख दिए।

उँगलियों में दबी हुई सिगरेट की पकड़ इतनी कस गई कि वह कसमसाकर टूट गई।

''मैं जानता हूँ, तुम्हारे पति बहुत उदार हैं, महान हैं...बड़े अनकन्वेंशनल भी हैं, पर बार-बार उनकी उदारता की बात कहकर क्यों नाहक ही मुझे छोटेपन का अहसास करा रही हो?''

''पागल!'' हलके-से शिवानी हँसी थी, ''आदमी छोटा अपने मन के छोटेपन से होता है, दूसरे का बड़प्पन किसी को छोटा नहीं बनाता, बना भी नहीं सकता। मेरे लिए जैसे शिशिर, वैसे ही तुम हो।'' और उसने फिर हलके से अतुल के होंठों को छू दिया।

इस बार सिगरेट का टुकड़ा जमीन पर पड़ा था और शिवानी की बाँहें, उसकी सारी देह कसमसा रही थी।...फिर एकाएक झटके से शिवानी को अपने से अलग करके अतुल ने पूछा, ''शीनू, तुम यहाँ क्यों आई? क्यों आई तुम यहाँ? मैंने तुम्हें सिर्फ़ यह लिखा था कि प्रिटी को लेकर एक दिन के लिए आना...मैं तो सिर्फ़ प्रिटी से खेलना चाहता था। बहुत प्यारा बच्चा है। तुम यों अकेली चली आओगी, इसकी तो कल्पना भी नहीं की थी...इस सबके लिए मैं तैयार भी नहीं था...यह सब मैं चाहता भी नहीं था।''

''हम जो चाहते हैं या जिसके लिए तैयार रहते हैं, जीवन में केवल वही होना चाहिए ऐसा तो कोई नियम नहीं है। और तुम्हारे निमन्त्रण पर ही तुम्हारे घर आना चाहिए, यह बात कभी मन में आई नहीं इसीलिए चली आई। मेरा आना इतना बुरा लग रहा है तो मैं कल ही चली जाऊँगी।'' बड़े सधे हुए स्वर में शिवानी बोली।

''बुरा...शीनू, कभी-कभी अपने बारे में बड़ी ऊँची और मीठी बातें सुनने के लिए हम ऐसी बातें करते हैं। तुम शायद सोच रही हो कि मैं विभोर होकर कहूँगा कि शीनू तुम क्या आई, मेरे जीवन में बहार आ गई...मैं तो चाहता हूँ कि तुम हमेशा-हमेशा मेरे पास रहो...पर ऐसा

मैं कुछ भी कहने नहीं जा रहा हूँ। संयम की वज़ह से नहीं, वरन इसलिए कि मैं ऐसा महसूस नहीं कर रहा, पर इतना ज़रूर कहूँगा कि आकर तुमने उचित नहीं किया।''

कहीं हलके-से आहत होकर भी शीनू हँसी, ''उचित-अनुचित का मेरा अपना भी विवेक है और मुझे उसके अनुसार ही चलने दो। अपना विवेक तुम अपने छात्रों को ही बाँटने तक सीमित रखोगे तो ज़्यादा प्रसिद्धि मिलेगी।''

''अपने दिल पर हाथ रखकर पूछो—तुमने शिशिर के साथ अन्याय नहीं किया, यह उसके प्रति छल नहीं है? आते समय जिस सहजता से तुम अपने ठहरने की बात बताकर आई थी, लौटकर भी उसी तरह बता सकोगी...यहाँ जो कुछ किया, कह सकोगी उसे?''

अतुल की इस जड़ता और क्रूरता से शिवानी एक तरह से तिलमिला गई। उसे शिशिर का ख़याल आया। उसके हलके-से स्पर्श तक से वह कैसा उन्मादी हो जाता है और यह...

अतुल ने दूसरी सिगरेट निकाली। माचिस की जलती सींक ने एक क्षण के लिए प्रकाश के बड़े वृत्त के बीच एक छोटा वृत्त और बना दिया। और फिर दोनों के बीच में धुएँ की हलकी-सी परत छा गई.. .लहरदार धुएँ की।

''हर बात को बुद्धि के गज़ से नापने का मेरा स्वभाव नहीं है। मैं वही करती हूँ जो मेरा मन ठीक समझता है। बस, इतना जान लो कि यहाँ आकर मैंने शिशिर के साथ धोखा नहीं किया...उनको छलने का साहस इस जन्म में तो मैं शायद ही कभी जुटा पाऊँ।''

अतुल केवल सिगरेट के लम्बे-लम्बे कश खींचता रहा। जब वह कश खींचता तो सिगरेट का सिरा सुर्ख अंगार की तरह चमक उठता... उसके बाद धुएँ के हलके-फुलके बादल दोनों के बीच तैरने लगते।

''मेरी बात की कोई संगति तुम्हें नज़र नहीं आ रही है! लगता है, शायद मेरे मन की बात कोई समझ भी नहीं पाएगा—तुम भी नहीं, शायद शिशिर भी नहीं। जानती हूँ, अपनी इस बात को प्रमाणित करने

के लिए एक तर्क भी मैं नहीं जुटा सकती हूँ...वैसा कोई प्रयास भी नहीं करूँगी...फिर भी इतना जान लेना अतुल, जो कह रही हूँ वह झूठ नहीं है।'' और उसका कंठ रुँध गया।

बात से नहीं पर शायद स्वर की आर्द्रता से अतुल बेहद कातर हो आया। शिवानी का हाथ अपने हाथ में लेकर सामने की दीवार पर बड़ी खोई सूनी-सी नज़रों से देखता हुआ वह बोला, ''शीनू, कभी सोचा भी नहीं था कि यों ग्यारह साल बाद तुमसे मुलाक़ात होगी। लोग कहते हैं दुनिया बहुत बड़ी है...पर देखता हूँ, यह तो बहुत-बहुत छोटी है। दो प्राणी भी बिना मिले जीवन नहीं बिता सके!'' और वह चुप हो गया। थोड़ी देर बाद फिर वैसे खोए-खोए स्वर में बोला, ''जब पुरी में मिला था, तब क्या यह सोचा था कि इस मुलाक़ात का यह परिणाम होगा! अपने जीवन के अभाव और दुख ने उस दिन मन को कहीं बहुत बेधा था, पर तुम्हें सुखी, प्रसन्न देखकर मैं अपने दुख को भूलने की कोशिश कर रहा था...तुम्हारे सुख से सुखी होने का प्रयत्न कर रहा था।''

''तुम मेरे सुख से सुखी होओ, यह ठीक है...यह जीवन के लिए आदर्श हो सकता है, पर मैं यदि तुम्हारे दुख से दुखी होऊँ, तो यह ग़लत है...अनुचित है, क्यों? तुम्हें जीवन में अकेलापन नहीं लगता, तन्हाई की घड़ियाँ ज़िन्दगी को बोझिल नहीं बना देतीं...यह सूना-सा घर और उससे भी अधिक सूना मन तुम्हें कहीं से टीसता नहीं?''

''सब कुछ होता है शीनू...सब-कुछ होता है...पर उससे क्या... उससे...''

''मेरे प्यार की लाश ने तुम्हें जीती-जागती लाश बना दिया है, मेरा प्यार ही तुम्हें नया जीवन भी देगा। मेरे इस अधिकार को मुझसे कोई नहीं छीन सकता है।''

''शीनू!'' और उसने शिवानी का हाथ कसकर पकड़ लिया। देर तक शिवानी का हाथ उसके हाथ में काँपता-पसीजता रहा था...उसके आँसू शिवानी के गालों और अधरों को भिगोते रहे थे...शीनू...शीनू...

का स्वर मौन कमरे की दीवारों के बीच में काँप-काँपकर गूँजता रहा था।

"शीनू," शिवानी चौंक पड़ी उसने घुटनों में से सिर उठाया। पता नहीं कब से शिशिर उसके पास आकर खड़ा हो गया था। उसने अपनी गीली पलकें उठाकर शिशिर की ओर देखा—रूखे उड़ते केश, फीका मुरझाया चेहरा। धीरे-से वह उसके पास आकर बैठ गया।

धूप फिर निकल आई थी...चारों तरफ़ की चीज़ें फिर चमकने लगी थीं। इस बार शिशिर जब बोला तो उसका स्वर बहुत सधा हुआ था... उसमें न कहीं आक्रोश था, न आवेश!

"एक बात पूछूँ शीनू, अगर मैं किसी दूसरी स्त्री से शारीरिक सम्बन्ध स्थापित करूँ तो तुम बर्दाश्त कर लोगी?"

शिवानी ने अपनी बड़ी-बड़ी पलकें शिशिर के मुख पर टिका दीं। रात से लेकर अब तक कई बार रोने के कारण काजल की कोर धुल चुकी थी और उसकी आँखें बिना किनारे की साड़ी की भाँति बड़ी फीकी और निस्तेज लग रही थीं। "इसका उत्तर बहुत-कुछ उस परिस्थिति पर निर्भर करता है, जिसमें तुम उससे सम्बन्ध स्थापित करोगे। हाँ, फिर भी इतना कह सकती हूँ कि इस मामले में मैं बहुत संकीर्ण नहीं हूँ, और फिर तुम्हारे और अपने आपसी सम्बन्धों के प्रति आस्था भी इतनी कच्ची नहीं।"

"जान सकता हूँ, तुम्हारी ऐसी कौन सी परिस्थिति थी, जिसने तुम्हें यों मजबूर कर दिया? उसने तुम्हें बेहोश कर दिया था, कुछ पिला दिया था, जबर्दस्ती की थी..."

"उस पर व्यर्थ के लाँछन लगाने की आवश्यकता नहीं। जो कुछ कहना हो मुझे कहो। मैं तुम्हारी घृणा, तुम्हारा आक्रोश—सभी कुछ सहने को तैयार हूँ।"

"बहुत दर्द है उसके लिए मन में?" व्यंग्य बहुत पैना था, फिर भी शिवानी को कहीं से चीर नहीं पाया। बिना तनिक भी विचलित हुए उसने कहा, "दर्द था तभी तो वह सब कर पाई जो एक नारी के लिए

शायद असम्भव ही होता है। यदि मैं ज़रा-सा देकर किसी के जीवन में पूर्णता ला सकती हूँ, उसके अभावों को भर सकती हूँ, उसके सारे जीवन का रवैया बदल सकती हूँ, तो उसे देने में क्या हर्ज है?''

''उसके प्रति दायित्व निभाने में तुम किसी और के प्रति अपने दायित्व को भुला रही हो, जो दे रही हो वह किसी और का है, यह बात क्या...''

''यह मैं नहीं मानती।'' बड़ी दृढ़ता के साथ शिवानी ने बीच में ही बात काट दी—''तुम्हीं बताओ, उस बात को आज शायद चार महीने हो गए, यदि पत्र से तुम न जान पाते तो क्या मेरे व्यवहार से तुम जान पाते? जो तुम्हारे लिए है उसका भागी न कोई हुआ है, न भविष्य में ही कोई हो सकेगा, यह बात भी क्या मुझे कहकर ही जतलानी होगी।'' इस बार शिवानी की आँखों से टप्-टप् आँसू टपक पड़े। उसने उन्हें पोंछने का भी कोई प्रयत्न नहीं किया...दोनों गालों पर आँसू की लकीरें बन गईं।

''सच-सच बताना, तो तुम क्या यह कहना चाहती हो कि सिर्फ़ देने की भावना से ही तुमने यह सब किया...शायद दया के वशीभूत होकर...भोगने या पाने की भावना उसमें कहीं नहीं थी?'' और शिशिर उसे ऐसी तीखी नज़रों से देखने लगा मानो वह उसके शरीर को भेदकर मन में छिपे रहस्य को जान लेगा। शायद जो कुछ हुआ, उसका शिशिर को दुख नहीं था...पर-पुरुष के स्पर्श-मात्र से ही नारी अपवित्र हो जाती है, ऐसी बात को प्रश्रय देनेवाली संकीर्णता भी उसमें नहीं थी...वह तो सिर्फ़ यह चाहता था कि जो कुछ हुआ, शिवानी उसके लिए दुख करे, अपराध-भावना और आत्म-ग्लानि में डूबकर प्रायश्चित कर ले।

''सच जानने का तुम्हारा इतना आग्रह है तो सच ही बताऊँगी, यों भी झूठ मैं तुमसे आज तक नहीं बोली हूँ, शायद बोल भी नहीं सकती हूँ, पर सहारना तुम्हें होगा।'' और शिवानी एक क्षण को रुकी, मानो सामने बैठे शिशिर के सामर्थ्य को तौल रही हो। फिर धीरे से बोली, ''जानते हो, देने-पाने का हिसाब रखने की मेरी वृत्ति नहीं। कितना

दिया और कितना पाया, यह मैं स्वयं नहीं जानती तो तुम्हें क्या बताऊँ? और दया की बात भी ग़लत है। जो अकिंचन हो, दयनीय हो, दया उसके प्रति की जा सकती है—पर अतुल में तो ऐसा कुछ नहीं।''

धैर्य और सहन-शक्ति के सारे बाँध टूट गए हों, इस प्रकार हाथों को जोर से झटककर शिशिर ने कहा, ''जब सारी बात ही इतनी साफ़ और स्पष्ट है तो व्यर्थ की बहस करने से लाभ?'' फिर एकाएक ही स्वर को अत्यन्त मद्धिम बनाकर बोला, ''मैं अभी तक समझे था, तुम मेरी हो, केवल मेरी और मेरे सिवाए किसी की हो नहीं सकती हो... लेकिन अब लगता है कि एक बड़ा खूबसूरत-सा भ्रम ही तो मैंने पाल रखा था।'' उसका गला भर्रा गया, अन्तिम शब्द तो जैसे आँसुओं में भीगकर काँप गए थे।

''भ्रम क्यों, ठीक ही तो समझा था। साथ रहें या न रहें, यह विश्वास तो मैं आज भी दिला सकती हूँ कि शीनू तुम्हारी है और केवल तुम्हारी ही। पति के रूप में तो मैं किसी की कल्पना भी नहीं कर सकती हूँ, अतुल की भी नहीं। तुम्हें लेकर मन का कोना-कोना कुछ इस तरह भरा हुआ है कि उसमें और कोई कहाँ से आएगा भला? सच बोलने का मेरा काम था, मैंने बोल दिया...सहारना तो तुम्हें ही होगा।''

''अच्छा शीनू,'' और एकाएक ही उसने शिवानी का हाथ पकड़ लिया—''उस समय क्या तुम्हें एक बार भी मेरा ख़याल नहीं आया?''

''ख़याल!'' और इतनी देर बाद पहली बार मुस्कान की एक बहुत ही क्षीण-सी आभा उसके फीके अधरों पर फैल गई...''तुम्हारे सिवाए और कोई बात ही मन में नहीं थी। शरीर पर चाहे वह छाया हुआ हो, पर मन पर तुम...केवल तुम ही छाए हुए थे।'' शिवानी ने धीरे-से अपना हाथ शिशिर के हाथ से छुड़ाया और शॉल को उतारकर एक ओर रख दिया।

धूप में कुछ तेज़ी आ गई थी और हवा में हलकी-सी ऊष्मा।

''तुम सच कह रही हो शीनू, बिलकुल सच।'' और शिशिर का मन हो रहा था कि शिवानी बार-बार इसी बात को दोहराती जाए।

"जानते तो हो, मैं तुझसे झूठ नहीं बोल पाऊँगी...कोई बात छिपा भले ही जाऊँ, पर झूठ बोलना मेरे लिए सम्भव नहीं। नहीं तो क्या मैं जानती नहीं कि यदि एक बार भी मैं पश्चात्ताप के दो शब्द कह दूँ, तो तुम्हारे मन का सारा मलाल दूर हो जाए, सारा क्रोध बह जाए। पर जो चीज़ मैं महसूस नहीं करती, उसे झूठ बोलकर तुम्हारे सामने स्वीकारा नहीं जाता। एक ज़रा-से झूठ से मेरा सारा भविष्य ज्यों-का-त्यों सुरक्षित रह सकता है, पर वह भी तो नहीं बोला जाता।"

इस बार शिवानी ने शिशिर का हाथ अपनी दोनों हथेलियों में ले लिया और धीरे-धीरे उसे सहलाने लगी।

"मान लो शीनू, वह आज आकर तुम्हें ही माँगने लगे, तो तुम्हारा दायित्व तुम्हें किस ओर ले जाएगा?"

"ऐसी बात भी तुम्हारे मन में क्यों आती है? अतुल अपनी सीमा जानता है। जो उसका नहीं, उसे पाने की लालसा भी कभी नहीं करता। अपने को कष्ट देना वह जानता है, दूसरे के लिए कष्ट का कारण बनना उसका स्वभाव नहीं। और मेरे दायित्व की बात उठाकर व्यर्थ ही क्यों अपने को नीचे गिरा रहे हो? मेरे जीवन में तुम्हारा जो स्थान है, उसे कोई नहीं ले सकता, लेना तो दूर, उस तक कोई पहुँच भी नहीं सकता। किसी के कितनी ही निकट चली जाऊँ, चाहे शारीरिक सम्बन्ध भी स्थापित कर लूँ पर मन कि जिस ऊँचाई पर तुम्हें बिठा रखा है, वहाँ कोई नहीं आ सकता; किसी से उसकी तुलना करने में भी तुम्हारा अपमान होता है।" वह एक क्षण को रुकी, "पर कभी नहीं सोचा था शिशिर कि यह सब मुझे कहकर तुम्हें बतलाना पड़ेगा..." और बात समाप्त करते-करते वह जैसे फूट पड़ी। तभी दो सबल बाँहों के कसाव में उसकी सारी जड़ता, सारी तटस्थता एक साथ ही पिघल पड़ी। केवल आँसू...हिचकियाँ...आँसू...

उतने ही भर्राए हुए स्वर में शिशिर ने भी कहा, "शीनू, तुम मेरे जीवन की इतनी बड़ी आवश्यकता और इतनी बड़ी कमज़ोरी हो कि मैं तुम्हारे बिना रह भी नहीं सकता और किसी भी रूप में तुम्हें ज़रा-सा

शेअर भी नहीं कर सकता हूँ।'' और उसके आँसू शिवानी की साड़ी से छनकर उसके रूखे-बिखरे बालों को भिगोने लगे।

सुनहरी धूप में फैली दो गुँथी हुई छायाकृतियाँ देर तक कसमसाकर सिहरती-काँपती रहीं।

मन्त्रोच्चारण की ध्वनि ने शिशिर का ध्यान आकर्षित किया। घुटने तक धोती और ललाट पर चन्दन पोते हुए दो व्यक्ति हाँप-हाँपकर, मन्त्र बोलते हुए चढ़े आ रहे थे। उसने शिवानी को धीरे-से अपने से अलग कर दिया। वे दोनों शायद मन्दिर के पुज़ारी थे। उन्होंने एक बार उन दोनों की ओर देखा और फिर मन्दिर का घंटा बजाकर द्वार खोल दिया।

''आओ शीनू, अब लौट चलें।'' धूप की तेज़ी और गर्मी काफ़ी बढ़ चली थी।

अनमने भाव से शिवानी उठी—दोनों एक क्षण के लिए मन्दिर के सामने रुके, फिर मन्दिर के पीछे की ओर वहाँ जाकर खड़े हो गए, जहाँ से ढलान शुरू होती थी। दूर-दूर तक मैदान, आपस में उलझी-गुँथी हुई पगडंडियाँ...त्रिकोण, चौकोर आकार के कटे खेत...शहर को चारों ओर से घेरती पहाड़ियाँ...नीचे रेंगते हुए छोटे-छोटे मनुष्य, छोटे-छोटे घर... सभी कुछ बड़ा छोटा-छोटा नज़र आ रहा था।

''हम लोग शायद काफ़ी ऊँचाई पर हैं। कितनी ऊँचाई होगी इस पहाड़ की?''

''ठीक ऊँचाई तो नहीं मालूम, फिर भी ऊँचा तो है ही...नाम ही है, विपुलाचल।''

''पहाड़ पर खड़े हो जाओ तो सभी-कुछ कितना छोटा-छोटा लगने लगता है न?'' शिवानी के आँसुओं से धुले मुख पर फैली हलकी-सी मुस्कान शिशिर को बड़ी प्यारी लगी। उसके कन्धे पर बड़े प्यार से हाथ रखकर उसने कहा, ''चलो शीनू, अब गरमी बढ़ चली है...फिर अभी कुंड पर भी तो चलना है।'' पर शिवानी वहीं खड़ी रही।

मन्दिर का घंटा रह-रहकर बज उठता था, जिसकी गूँज उस सन्नाटे

में देर तक गूँजती रहती थी। तुरन्त की जलाई हुई अगरबत्तियों की सुगन्ध चारों ओर फैलती जा रही थी।

धीरे-धीरे दोनों लौट आए। शिवानी एक बार फिर मन्दिर के सामने ठिठकी, फिर आगे बढ़ती शिशिर के पीछे चली गई। उतरने के लिए शिशिर ने फिर पगडंडी पकड़ी तो शिवानी बच्चों की तरह मचल उठी... "नहीं-नहीं, अब हम पगडंडी से नहीं उतरेंगे।"

"मानो शीनू, बड़ा सीधा-सा पहाड़ है। एकदम ढलान पर उतरा नहीं जाएगा, फिसल पड़ी तो हड्डी-पसली एक हो जाएगी।"

"नहीं फिसलूँगी...फिर तुम तो हो साथ, पकड़ लेना।" और वह झाड़ियों को हाथ से चीरती हुई मार्ग बनाकर आगे बढ़ी। मज़बूरन शिशिर को उसके साथ होना पड़ा। दोनों एक-दूसरे का हाथ थामे, एक-दूसरे को सहारा देते, सँभल-सँभलकर पैर बढ़ाने लगे। बीच-बीच में कँटीली झाड़ियों में शिवानी का आँचल उलझ जाता तो शिशिर बड़ी सावधानी से निकालते हुए कहता, "तुम्हारी जिद की भी हद है... सारी साड़ी फाड़ ली न!" जवाब में शिवानी केवल हँस देती।

नीचे उतरते-उतरते शिवानी सचमुच थक गई। थकान शायद चढ़ने की थी, पर उस समय उसका अहसास नहीं हुआ था; अब एकाएक ही लगने लगा कि पैर जैसे झपकने लगे हैं।

"मैं तो थक गई रे," और वह वहीं धम्म से बैठ गई।

"यहाँ नहीं...यहाँ नहीं...अभी गर्म पानी के कुंड में पैर डालकर बैठ जाना, सारी थकान मिट जाएगी।" और हाथ पकड़कर एक झटके में उसने उसे खड़ा कर दिया।

कुंड पर यों तो हमेशा ही भीड़ बनी रहती है क्योंकि गन्धक के उन गर्म सोतों की तासीर कुछ ऐसी ही है कि अनेक रोगी उसमें स्नान करने आते हैं, पर इस समय वहाँ अपेक्षाकृत भीड़ कम ही थी। सवेरे दस बजे तक तो जैसे वहाँ मेला लगा रहता है।

अपने शरीर को खींच-खींचकर शिवानी ने जैसे-तैसे सीढ़ियाँ चढ़ीं और वह जब कुंड के किनारे गई, तब तक तो उसमें खड़े रहने की

ताक़त भी नहीं रह गई थी। लम्बी, बोझिल यात्रा करने के बाद देह जैसे एकदम ही निर्जीव हो जाती है, वैसी ही हालत शिवानी की भी हो रही थी।

साड़ी को ज़रा-सा ऊपर चढ़ाकर शिवानी ने जैसे ही पानी में पैर डाला...'हाय' के साथ वापस निकाल लिया...

"इतना गर्म पानी!"

"शुरू में लगेगा, फिर देखना कितना आराम मिलता है! एक-दो बार पैर डाल-डालकर वापस निकाल लो तो पैर इस गरमी के अभ्यस्त हो जाएँगे।"

शिवानी पैर हिला-हिलाकर पानी में लहरें उठा रही थी और लहरों के साथ ही जल में पड़ते उनके प्रतिबिम्ब थिरक रहे थे।

धीरे-धीरे सारी थकान मिटने लगी और दोनों की रग-रग में ऊष्मा की लहरें दौड़ने लगीं।

●●●